김동환의
다니엘 마음관리 365일
10·11·12월

고즈윈은 좋은책을 읽는 독자를 섬깁니다.
당신을 닮은 좋은책 — 고즈윈

김동환의 다니엘 마음관리 365일 10·11·12월

1판 1쇄 발행 | 2004. 11. 20.
2판 8쇄 발행 | 2013. 10. 25.

발행처 | 고즈윈
발행인 | 고세규
신고번호 | 제313-2004-00095호
신고일자 | 2004. 4. 21.
(121-896) 서울특별시 마포구 동교로13길 34(서교동 474-13)
전화 02)325-5676 팩시밀리 02)333-5980

값은 표지에 있습니다.
ISBN 978-89-91319-48-6
　　　978-89-91319-49-3(전4권)

고즈윈은 항상 책을 읽는 독자의 기쁨을 생각합니다.
고즈윈은 좋은책이 독자에게 행복을 전한다고 믿습니다.

김동환의
다니엘 마음관리 365일
10·11·12월

김동환 지음

고즈윈
God'sWin

불가능한 길은 없습니다.
아직 포기할 때도 아닙니다.
우리에게는 꿈이 있습니다.
여러 일들로 때로는 절망하기도 했지만
새롭게 뜻을 정하여 다시 시작하려는
모든 후배들과 그들을 사랑으로 뒷바라지하시는
세상 모든 부모님들께 이 책을 바칩니다.

차례

1부

*10*월의 이야기

*11*월의 이야기

여러분이 여러 시련을 통해 큰 꿈과 희망 속에 있기를 원합니다. 고난과 실패는 우리를 좌절시키고 포기하게 하려고 찾아오는 것이 아닙니다. 그것들은 더욱 성숙하고 준비된 21세기 리더로 여러분을 훈련시키기 위해 찾아오는 것입니다.

1부

역경 가운데 더 진하고 아름다운 향기를 내는 사람이 되기를 소원합니다

10월의 이야기

모든 것에는 그 나름대로의 존재 가치가 있습니다. 사람은 더욱더 그렇습니다. 쓸모없는 사람은 이 세상에 단한 사람도 없습니다. 한 사람 한 사람이 모두 귀한 존재인 것입니다. 여러분 각자에게 주어진 귀한 재능이 있습니다. 자신의 재능을 우습게 여기고 방치하지 마십시오

실수와 실패를 인정하라

시티뱅크의 이사 월터 리스턴Walter Wriston은 "실패는 죄악이 아니다. 실패에서 배우지 못하는 것이 죄악이다"라고 말했습니다. 그러나 많은 사람들은 같은 실수를 반복합니다. 실수에 대해 책임을 회피하고 이유가 무엇인지 알아내려고 하지 않습니다. 이들은 불행의 원인이 자신이라고도 생각하지 못합니다. '잘하면 제 탓 못되면 조상 탓'이라고, 이것이야말로 타인 탓으로 돌리는 케케묵은 행위인 것입니다.

농구 선수들은 우리 모두가 사용할 수 있는 좋은 습관을 가지고 있습니다. 패스를 잘못하거나 자신에게 맡겨진 수비를 제대로 하지 않으면 "내 잘못이야"라고 소리칩니다. 잘못을 인정해서 불편한 상황을 이겨 내는 것입니다. 선수들 또한 동료들의 잘못을 비난하지 않습니다. 실수를 자신의 것으로 돌려 다시는 그 같은 실수를 반복하지 않습니다.

형태심리치료의 창시자 프릿치 펄스Fritz Perls 박사는 "실수를 인식하는 것이 바로 치료인 것이다"라고 했습니다. 이와 달리 실수한 것에 대한 책임을 회피하면 실수에서 배우지 못할 뿐 아니라 똑같은 실수를 되풀이하게 됩니다.

로터스기업의 전직 커뮤니케이션 책임자이자 델러헤이 그룹 창업자 겸 CEO인 캐이티 페인Katie Paine은 '그 달의 실수' 콘테스트를 벌여 직원들이 스스로 실수를 인정하도록 만들었습니다.

그녀는 이에 대해 "몇 년 전에 늦잠을 자다가 비행기를 놓쳐 큰 거래처와의 미팅에 가지 못한 적이 있어요. 저는 그 다음에 가진 직원 미팅에서 그 일을 말하고, 50달러를 테이블에 내려놓으면서 '저보다 크게 실수한 사람은 이 돈을 가지세요'라고 말했어요. 직원들은 급하게 실수를 털어놓기 시작했고 엄청나게 많은 실수담이 나왔죠. 명함도 없이 세일을 하러 간 적이 있다고 말하는 판매부 직원이 있는가 하면 프레젠테이션 자료도 없이 코카콜라 미팅에 간 적이 있다는 두 명의 직원도 있었어요"라고 말했습니다.

페인은 "직원 미팅 때마다 저희는 화이트보드에 그달의 실수를 적어 놓아요. 1989년 이래 지금까지 2,000의 실수를 기록해 놓았어요. 실수를 화이트보드에 적어 놓았더니 실수가 반복되지 않았어요. 이러한 관례는 우리 작업에 실질적으로 영향을 미쳐 왔어요"라고 말합니다.

세상엔 완벽한 사람이 존재하지 않습니다. 완벽은 인간의 영역은 아닙니다. 세상에서 진정한 성공을 한 사람은 완벽해서 성공한 것이 결코 아닙니다. 그들은 자신의 실패를 통해 교훈을 얻고 반복된 실수를 줄이기 위해 최선을 다한 사람들인 것입니다.

여러분도 지금 수많은 시행착오와 실패를 하고 있을 것입니다. 어쩌면 그로 인해 낙담하고 자포자기한 친구들도 있을 것입니다. 여러분만 시행착오를 겪는 것이 아니랍니다. 실패를 두려워하지 말고 솔직히 인정해서 승리의 밑거름으로 삼으십시오. 실패를 통해 교훈을 배우는 자세야말로 우리에게 가장 필요한 자세입니다.

오늘은 10월의 첫날입니다. 새로운 마음과 각오로 새달을 힘있게 시작하십시오. 여러분의 강점을 살려 이번 달도 최선을 다해 한 단계 더 높아지길 부탁드립니다.

| 10월 2일 |
가장 힘든 선생님

　경험은 언제나 가장 힘든 교사이다. 왜냐하면 배우기 전에 먼저 시험부터 치러야 하기 때문이다.

　수천 번의 시행착오와 실패를 통한 에디슨의 발명을 잘 아실 것입니다. 시행착오는 무척 힘든 과정이지만 우리에게 큰 교훈을 줍니다. 직접 몸으로 겪어 보고 터득한 것이기에 경험은 아주 소중한 인생의 보물입니다.

　시행착오를 두려워하지 마십시오. 그 과정을 통해 귀중한 경험들이 쌓이게 되면 여러분의 꿈은 현실로 다가오기 때문입니다.

　중간고사 준비를 아직도 시작하지 못한 친구들이 있다면 오늘부터는 시작하셔야 합니다. 실천 가능한 목표를 세워서 실천하십시오.

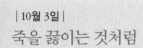

죽을 끓이는 것처럼

새롭게 개정된 대학입시안의 가장 큰 특징 중 하나는 바로 독서의 중요성이 더 커졌다는 점입니다. 독서를 꾸준히 많이 해 온 학생과 그렇지 못 한 학생의 실력차가 이제는 대학입시에서 당락을 결정하는 중요한 변수로 작용하게 되었습니다.

논술과 심층면접에서 보다 높은 점수를 받기 위해서는 여러 분야에 대한 기본적인 배경지식이 필요합니다. 이러한 배경지식은 하루아침에 쌓을 수 없습니다. 꾸준한 독서로 조금씩 배경지식을 축적하고 스스로 다양한 주제로 글을 써 볼 때 비로소 배경지식이 체계적으로 머릿속에 저장될 수 있습니다.

성리학의 대가인 주자 선생님은 지독한 독서가였습니다. 그분은 책을 너무 많이 읽어 몸에 병이 들 정도였습니다. 오랜 독서 경험을 통해 주자 선생님은 책읽기에 대하여 다음과 같이 말씀하셨습니다.

"책읽기는 선약仙藥(효험이 뛰어난 약)을 구울 때처럼, 처음에는 뜨거운 불로 굽다가 점점 약한 불로 굽듯이 한다. 또한 죽을 끓일 때 처음에 뜨거운 불로 끓이다가 나중에 약한 불로 뜸을 들이듯이 한다. 책을 읽는 것도 처음에는 부지런히 힘을 쏟아 자세히 궁구하되 나중에는 천천히 음미하고 반복해서 완상玩賞(취미로 즐겨 구경함)해야 할 것이니, 이렇게 하면 도리가 스스로 드러난다. 또한 많이 읽기를 탐하고 빨리 읽고자 해서는 안 되며, 푹 익기를 기다려야 한다. 공부는 푹 익은 데서 나오는 것이다."

이 말은 올바른 독서에 대한 중요한 지침들을 가르쳐 줍니다.

첫째, 부지런히 읽는다.
둘째, 힘을 다해 읽는다.
셋째, 자세히 읽는다.
넷째, 반복해서 읽는다.
다섯째, 내용을 천천히 음미하고 그 내용의 깊은 뜻을 즐기며 감상한다.
여섯째, 많이 읽으려는 욕심이 앞서, 내용 파악이 잘되지 않은 채 무조건 빨리 읽어서는 안 된다.

독서 습관만큼 청소년들의 미래를 멋지게 변화시켜 주는 것은 드물다고 봅니다. 처음부터 무작정 어려운 책을 보기보다는 쉽고 재미있고 관심이 가는 분야의 책부터 읽기 시작하세요. 책 읽을 시간이 없다고요? 책보다 인터넷과 컴퓨터 오락이 더 재미있다고요? 물론 지금 당장은 어렵겠지만 독서의 재미에 제대로 맛을 들이면 책이 더 재미있다는 것을 알게 될 겁니다. 여러분이 원하는 대학에 가기 위해서라도 독서는 이제 선택이 아닌 필수가 되었음을 숙지하시고 오늘부터 새롭게 뜻을 정해 시작해 보시길 간곡히 부탁드립니다.

지금부터라도 독서 계획을 세우셔서 다음 달부터는 책과 함께 여러분의 미래가 쑥쑥 커 나가길 소원합니다.

| 10월 4일 |
피아노 건반 이야기

여러분은 한 그루의 나무가 아름다운 음을 내는 피아노 건반이 되기까지 얼마나 많은 과정을 거쳐야 하는지 아십니까?

우선 베임을 당해야 합니다. 그리고 수많은 세월 동안 들에 방치되어 있으면서 추운 겨울과 더운 여름을 견뎌 내야만 합니다. 그런 과정을 거쳐야만 뒤틀리지 않고 건반 구실을 잘 감당하기 때문입니다. 그리고 잘게 나누어지고, 다듬어집니다. 숙련공들이 작은 건반들을 하나하나 엮어 나가고, 그 외의 중요 장치들이 하나로 묶일 때 피아노가 탄생됩니다. 나무는 이런 시간들을 견뎌 내야 오롯이 소리를 가질 수 있는 것입니다.

여러분의 삶은 어떻습니까? 아름다운 음을 내는 건반이 되기 위해 시련을 감당하고 계십니까? 헬렌 켈러를 기억해 보세요. 헬렌 켈러가 당한 시련은 우리가 상상할 수 없는 것들입니다. 그녀는 그 고통을 어떻게 이겨 냈나요? 물론 좋은 선생님의 도움도 컸습니다. 그러나 그녀의 노력 없이는 불가능한 일이었습니다. 그녀가 하고자 했기에 엄청난 노력과 의지로 이겨 낸 것입니다.

여러분이 여러 시련을 통해 큰 꿈과 희망 속에 있기를 원합니다. 고난과 실패는 우리를 좌절시키고 포기하게 하려고 찾아오는 것이 아닙니다. 그것들은 더욱 성숙하고 준비된 21세기 리더로 여러분을 훈련시키기 위해 찾아오는 것입니다.

웃음이 보약이다

지금까지 많은 이야기를 했지만 마음을 건강하게 하는 중요한 방법이 하나 남았습니다. 그것은 웃음입니다. 근심을 버리고 즐겁게 지내십시오. 사는 게 그저 그렇고 우리가 할 수 있는 일도 없을 때는, 그냥 웃어넘기는 게 낫습니다.

'웃음' 하면 아이들이 떠오릅니다. 그 해맑은 웃음이란 보고만 있어도 미소가 절로 나옵니다. 아마도 웃음에는 전염 가능한 바이러스가 있나 봅니다. 하지만 나이가 들면서 어린 시절의 이런 마술 같은 매력을 잃어버리는 것은 슬픈 일입니다.

한 연구에 따르면 유치원에 다니기 전까지 아이들은 하루에 평균 300번 웃는 반면 성인들은 고작 17번만 웃는다고 합니다. 당연히 아이들이 더 행복합니다. 너무 자주 웃는 것은 어린애들이나 하는 짓이라고 생각하는 것 같습니다. 우리는 웃는 법을 다시 배워야 합니다.

피터 도스코크Peter Doskoch의 『현대 심리학』이란 책에서 아주 흥미로운 글을 읽은 적이 있는데, 다음은 그가 찾아낸 것들입니다.

웃음

- 긴장을 풀어 주고 창의적인 생각을 할 수 있게 한다.
- 삶의 고단함을 견딜 수 있게 도와준다.
- 스트레스를 줄여 준다.
- 심장 박동 및 혈압을 낮추어 줌으로써 편안함을 느끼게 한다.
- 우리를 다른 사람과 연결시켜 주며, 절망과 자살의 주된 원인인 소외감이 들지 않게 해 준다.
- 고통을 잊게 해 주는 호르몬인 엔도르핀이 나오게 한다.

웃음은 건강을 유지하고 환자에게는 회복을 빠르게 한다고 밝혀졌습니다. 웃음을 통해 심각한 병을 치유할 수 있었다고 말하는 사람들도 많이 봤습니다. 또한 웃음은 틀어진 관계를 회복시켜 주기도 하는데, 연예인 빅터 보쥐Victor Borge는 "웃음은 관계의 지름길이다"라는 말로 그것을 표현하기도 했습니다.

웃음이 많지 않은 사람도 있습니다. 왠지 표현하는 것을 수줍어하는 사람들입니다. 그런 친구들에게 권해 주고 싶은 방법이 있습니다. 재미있다고 생각되는 책, 만화, 비디오 따위를 모아 두었다가 우울해지거나 심각해질 때 펼쳐 보는 것입니다.

저는 코미디 영화를 좋아하는데 몇몇 배우들은 생각만 해도 웃음이 절로 나옵니다. 그래서 그 사람들이 나오는 영화들을 가지고 있다가, 기분 전환이 하고 싶어질 때마다 보곤 합니다.

자신을 '웃음 보따리'로 만들어 보기를 부탁드립니다. 이상한 일이 생기더라도 웃어넘길 수 있는 방법을 배우세요. 어이없는 일은 인생을 살다 보면 생기게 마련입니다.

"사람이라서 좋은 점은 웃을 수 있다는 점이다"라는 말을 들은 적이 있습니다. 여러분은 하루에 얼마만큼이나 웃고 있나요? 50번에서 100번 정도 웃고 있나요? 오늘부터 300번 웃기 운동을 시작하면 어떨까요? 요즘 저도 웃음이 많이 사라졌는데 우리 함께 시작합시다.

|10월 6일|
이유가 있었다

콜럼비아 대학의 전 미식축구 코치였던 루 리틀이라는 사람의 이야기입니다.

이번 시즌에는 특이하게 그의 팀이 한 번도 패하지 않았습니다. 지금 그들은 올해 마지막 경기를 맞이하고 있었습니다. 그 대회 챔피언 타이틀을 눈앞에 두고 있었던 것입니다. 챔피언의 영광은 승자만의 것이지요. 상대 팀은 라이벌인 하버드 대학으로 역시 한 번도 이번 시즌에 패배를 한 적이 없었습니다.

준비가 한창이던 화요일에 리틀 코치는 한 선수의 아버지가 돌아가셨다는 연락을 받았습니다. 그리고 금요일에 장례식이 있다고 전해 달라는 부탁을 했습니다. 비록 그가 4년 동안 한 번도 주전 선수로 뛰진 않았지만 남들에게 좋은 영향을 주는 선수였습니다. 그는 선수들에게 경기장에 함께 있는 것 자체로 힘이 되었습니다.

코치가 그를 한쪽으로 부른 뒤 그 사실을 알렸습니다. 그 선수는 곧바로 떠나며 코치에게 이렇게 말했습니다.

"토요일 시합에 시간 맞춰 오겠습니다."

코치는 대답했습니다. "아니야, 원하는 만큼 마음껏 가족들과 있거라. 우리는 여태 잘해 왔으니 이번에도 승리할 거야. 너무 걱정하지 말거라."

결전의 날이 이르렀습니다. 선수는 약속한 대로 팀 동료들과 합류하였습니다. 그리고 코치에게 말했습니다. "코치님, 이번 경기에서 주전으로 뛸 수 있게 해 주세요. 단 한 번만이라도요!" 코치는 그를 무시하였으나 그 선수는 끈덕지게 매달리며 다시 한 번 청했습니다. "제발, 코치님 한 번만요!" 결국 루는 그를 출전시키기로 결정하였습니다.

콜럼비아가 먼저 킥오프를 하였습니다. 이 선수는 다운 필드의 첫 태클러였는데, 상대 선수는 7야드 부근에서 태클당했습니다. 대단한 경기였습니다. 첫 게임은 난투 끝에 하버드의 쿼터백이 슬록을 성공시키기 위해 하프백을 요구했습니다. 그러나 그는 2야드를 줄이기 위해서 5야드 부근에서 태클을 걸었습니다. 다음 게임은 하버드의 쿼터백이 패스를 하기 위해 엔드 존에 들어갔지만 그에게 태클당해 세이프티를 얻었습니다. 그는 올 라운드 플레이어였다고 할 수 있었습니다.

경기가 끝난 뒤 리틀 코치가 물었습니다. "너 도대체 어떻게 된 거냐?"

젊은이가 말했습니다. "코치님, 제 아버지께서 앞이 보이지 않았던 거 기억하세요? 오늘 아버지가 저를 볼 수 있는 첫날이었거든요!"

이 글에서 저는 저의 아버지를 생각했습니다. 무뚝뚝하고 성격이 불 같고 화도 곧잘 내시지만 마음속으로는 자식에 대한 한없는 사랑으로 넘치는 아버지 말입니다. 아마 여러분의 아버지도 제 아버지와 비슷하실 것입니다. 나이가 들면서 느낀 것은 아버지도 격려가 필요하다는 것입니다. 아버지에게 힘내시라는 작은 쪽지 하나 드려 보세요. 갈수록 경제가 어려워지는 이때 여러분이 보낸 사람의 쪽지가 아버지에게 큰 힘이 될 것입니다.

때의 중요성

이른 아침부터 자기 이웃을 큰 소리로 축복하면 오히려 그것을 저주로 여길 것이다.

「잠언」 27 : 14

아무리 듣기 좋은 소리라도 때가 있습니다. 아무리 맛있는 음식이라도 속이 거북한 상태에서 먹으라고 한다면 기쁘지 않을 것입니다.

제가 아는 어떤 분은 사회봉사를 많이 하십니다. 특별히 수해와 대형 참사가 일어나면 어김없이 가시는 분입니다. 이분이 소속된 단체는 구호 단체들 중에서도 아주 칭송이 높습니다. 그 이유는 대형 참사와 수해를 당한 분들이 절실히 필요하고 원하는 것을 제대로 알고 도와주기 때문입니다.

당장 먹을 것과 입을 것이 없는 분에게는 따뜻한 컵라면과 식수 그리고 이불이 중요합니다. 그런데 만약 지금은 줄 수 없고, 열흘 후에 보다 질 좋은 구호품이 도착할 테니 열흘만 참아 보라고 한다면 수재민들의 마음은 어떻겠습니까?

때가 중요합니다. 10만 원이 절박할 때는 절박하지 않을 때의 100만 원보다 더 큰 값어치를 합니다. 마음이 상하고 좌절하고 괴로워하는 친구에게 건네는 시원한 1,000원짜리 음료수는 100만 원짜리 보약보다 더 큰 도움을 주는 것입니다. 때를 분별하고 주변을 잘 살펴 이웃을 돕는 여러분이 되기를 바랍니다.

| 10월 8일 |
잠깐만 함께 가면 되는데

우리가 '잠깐만 함께 가면 되는데' 라는 사실을 우리 자신에게 상기시킨다면 긴급한 일을 당할 때도 우리는 우리와 함께 인생 여정을 걸어가고 있는 사람들에게 보다 많은 인내와 관용을 보일 수 있게 될 뿐 아니라 이치에 맞는 말과 행실을 하게 될 것이다.

허만 고쨀

가족이 모두 모여 저녁 식사를 하고 있을 때, 메리라는 한 젊은 여성은 그날 저녁 직장에서 돌아오다 버스 안에서 겪은 일에 대해 이야기하고 있었습니다.

"글쎄, 이 여자가 55번가에서 버스에 올라타더니 바로 내

옆 자리를 비집고 앉는 거였어요. 엉덩이 반은 내 위에 걸친 채 말이예요. 그리고 그녀가 무릎 위에 올려놓은 꽃다발이 계속 제 얼굴을 찌르는데 정말 혼났어요. 혹시 그것이 제 모자를 건드려 떨어지게 할까봐 내내 얼굴을 요리조리 돌려 가며 왔지 뭐예요."

그때, 메리의 남동생이 이렇게 말했습니다.

"그럼 왜 그 여자한테 누나 자리를 반이나 차지했으니 일어나라고 말하지 않았어?"

그러자 "뭘 그런 걸 가지고 말을 해. 잠깐만 함께 가면 되는데"라고 메리는 대꾸했습니다.

메리는 당시 자기가 한 말 속에 담긴 깊은 의미를 깨닫지 못했습니다. 그러나 그 말 속에는 우리 모두를 위한 하나의 주제가 될 만한 깊은 사상이 담겨 있습니다.

우리가 하루를 지내고 저녁이 되어 그날 일어났던 일들을 종합해서 생각해 볼 때 별 것 아닌 것을 가지고 화를 내고 짜증을 냈던 일들이 얼마나 많은지 모릅니다. 다른 동료들이 우리에게 불친절하게 대하고 감사하지 아니하며 이해하지 못할 때, 우리가 그저 '잠깐만 함께 가면 되는데'라는 생각을 가져 봅시다. 그러면 이런 모든 것들을 견디기가 훨씬 수월해질 것입니다.

믿고 사랑하며 살기에도 짧은 인생입니다. 하지만 인간은 연약하고 불완전한 존재이기에 질투, 불신, 오해 속에서 서로를 미워하면서 원수처럼 지낼 때가 많습니다. 믿고 싶으면 그저 그만이라는 생각은 하지 말아 주십시오. 뜻을 정해 이웃을 사랑하려고 마음먹어도 쉽게 실천하지 못하는 것이 바로 우리들의 모습입니다. 쉽지 않다고 해서 포기하면 안 됩니다. 노력하면 타인을 좀더 받아들일 수 있게 됩니다. 남과 더불어 살 때 비로소 인간이 제자리를 찾게 되는 것입니다.

우리 각자가 항상 '잠깐만 함께 가면 되는데' 라는 사실을 기억할 수만 있다면, 우리가 기억한 만큼 이 세상은 더욱 아름답게 달라질 것입니다. 우리가 기억한 만큼 우리 인생도 더욱 풍요롭게 달라질 것입니다.

오늘 친구들과 사귀고 생활할 때 '내가 조금만 더 참고 이해하자' 라는 생각으로 힘쓰시는 여러분이 되기를 간절히 소원합니다.

진정한 행복

채소를 먹어도 서로 사랑하는 것이 살찐 소를 먹으면서 서로 미워하는 것보다 낫다.

「잠언」15 : 17

대학교 시절 아는 분을 통해 모 재벌의 자녀 과외를 부탁받은 적이 있었습니다. 그 재벌은 재산이 몇천억쯤 된다고 하더군요. 내키지는 않았지만 아는 분의 부탁이라 일단은 뵙고 거절하리라 생각하고 그 집에 갔습니다.

그 당시 저는 희망 공부방 학생들을 가르치기에도 시간이 부족했습니다. 과외를 한다는 것은 무리였습니다. 물론 했다면 돈은 많이 벌 수 있었겠지요.

저는 두 시간 정도 아이들과 대화하면서 공부에 대한 동기 부여와 다른 여러 이야기들을 해 주었습니다. 그런데 아이들에게 아무런 의욕이 없었습니다. 부모님에게 상처도 많았고 왜 살아야 하는지 목표도 없었습니다. 그저 부모님이 시키니까 한다는 생각이었습니다. 많은 불신을 품고 있었습니다. 아이들이 참 안되었다는 생각이 들었습니다.

돈은 얼마든지 주겠다는 말을 뒤로 한 채 죄송하다는 말을 남기고 돌아왔습니다. 돌아오면서 위에 있는 잠언 말씀이 떠올랐습니다. 화려한 식탁과 엄청난 부를 가지고 살지만 가족끼리 서로 사랑하고 화목하지 않으면 부는 다 무의미하다는 말씀 말입니다.

여러분 가운데 혹시 재벌이 부러운 친구들이 있나요? 앞으로 부러워하지 마세요. 돈으로 살 수 없는 값진 것이 더 많다는 것을 조금씩 알아 가게 될 겁니다.

10월도 중순입니다. 2학기 기말고사 준비하시느라 무척 힘드시죠? 조금만 더 참고 힘내세요. 여러분의 꿈과 희망을 바라보며 지금 이 시간에 온 힘을 쏟아 붓기를 바랍니다.

버팀목

리사 러브라는 고등학교 2학년 때부터 치어리더 팀에서 열심히 활동하는 학생이 있었습니다. 그러나 그로부터 약 한 달 뒤에 암으로 다리를 무릎 관절 위까지 절단해야 했습니다. 다행히도 물리 치료를 열심히 받아 혼자서 잘 걸을 수는 있게 되었습니다. 그녀는 치어리더 후원자에게 치어리더로서 계속 활동할 수 있게 해 달라고 설득하였습니다. 후원자는 몇 가지 미심쩍은 점이 있었지만 마지못해 허락했습니다.

학기가 시작되고 다른 치어리더들과 연습하기 전에 리사는 혼자서 연습하였습니다. 그들은 가을 미식축구 기간에 있을 첫 단합 대회를 위하여 준비를 하고 있었지요. 모든 일이 잘 되어 갔습니다. 또한 리사도 문제없이 잘 소화해 냈습니다.

첫 단합 대회가 다가왔습니다. 체육관은 고등학생들과 교직원들로 꽉 찼습니다. 치어리더 팀은 예정된 프로그램을 진행하기 시작했고, 리사는 공중제비를 해야 했습니다. 하지만 공중제비를 하는 도중에 그만 다리 보철이 빠져서 미끄러운 체육관 바닥에 쓰러지고 말았습니다. 사람들은 그녀가 손으로 얼굴을 가리고 울면서 당장 그만둘 것이라 생각했습니다.

하지만 그녀는 그만두는 대신에 빠진 다리를 끼울 수 있게 도와 달라고 친구에게 손짓하였습니다. 그녀는 다시 인공 보철을 착용했습니다. 많은 아이들이 보는 앞에서 꼿꼿이 일어서서 준비되었다고 신호를 보냈습니다. 다시 프로그램은 진행되었고 리사는 열렬한 환호를 받으며 자신의 역할을 마쳤습니다.

인생의 성공은 여러분이 넘어졌을 때 다시 일어설 수 있는 능력이 있느냐에 달려 있습니다. 모든 사람은 여러 형태의 실패를 경험합니다. 그러나 문제는 여러분이 실패를 어떻게 처리하느냐가 문제입니다. 그곳에 주저앉아 '왜 이런 일이 나에게 생겼는가' 하며 개인적인 연민에 빠질 것인가요? 아니면 다시 한 번 일어날 것인가요?

인생의 약 10%는 나에게 일어난 어쩔 수 없는 일로 채워져 있습니다. 그리고 약 90%는 이에 대한 여러분의 반응들입니다. 너무 어려워 보인다며 여러분의 문제를 가지고 타인에게 비난을 퍼부을 수도 있습니다. 그러나 성숙은 자기 자신과 인생에 보인 반응에 대해 책임을 지는 것입니다.

진정한 리더로 자라 가는 여러분에게 실패는 늘 찾아옵니다. 실패를 두려워하지 마십시오. 실패는 성숙한 리더가 되기 위한 훈련입니다. 실패를 통해 배우십시오. 철저하게 배우십시오. 그리고 성장이라는 훈장을 받으십시오.

| 10월 11일 |

거짓 증인과 거짓말

거짓 증인은 벌을 면치 못할 것이며 거짓말을 토하는 자도 무사하
지 못할 것이다. 거짓 증인은 벌을 면치 못할 것이며 거짓말쟁이
는 망하고 말 것이다.

「잠언」 19 : 5~9

하면 할수록 걷잡을 수 없이 늘어나는 것이 몇 가지 있습
니다. 그 중에 대표적인 것이 거짓말입니다. 거짓말은 하면 할
수록 늘어납니다. 처음에는 사소한 것으로 시작한 것이 나중
에는 사람을 죽이는 말로 커질 수 있습니다.

요즘 우리 사회에서는 적당한 거짓말이 처세술의 하나로
보편화되고 있습니다. 모 오락 프로그램은 상대방 출연진을
얼마나 잘 속이느냐에 따라 뛰어난 초대 손님으로 대접을 받
습니다.

몇 년 전에 희망 공부방에 가정 형편을 속여 들어오려고 했
던 몇몇 학부모님들이 계셨습니다. 그분들의 거짓이 들통 나
자 입학이 취소되었습니다. 그러자 희망 공부방과 저에 대한
거짓말을 지어 비방했던 적이 있었습니다. 너무나 어처구니없

는 일이었습니다. 물론 시간이 지나서 그분들의 거짓이 밝혀지게 되었고 희망 공부방은 어려운 학생들을 위한 보금자리로 확장될 수 있었습니다.

그 과정을 지켜보면서 저는 묵묵히 기다렸습니다. 다른 분들은 왜 가만히 있느냐고 하셨지만 저는 기다렸습니다. 진실은 때가 되면 다 밝혀지기 때문이었습니다. 얼마 전에 모 방송국 국장님을 뵈었는데 그때 잘 참았다고 하시면서 많은 칭찬을 해 주셨습니다. 아마도 제가 그럴 수 있었던 것은 어려서부터 잠언을 많이 보고 또 보았기 때문이 아닐까 생각합니다.

때로는 여러분이 살다가 억울한 일을 당할 수도 있고 거짓 증인들로 인해 난처한 상황을 만날 수도 있습니다. 그럴 때 너무 속상해하지 마세요. 그 과정을 통해 여러분의 마음이 단련되고 멋지게 다듬어질 것입니다. 그리고 진실은 가장 적합한 때가 되면 밝혀진답니다.

| 10월 12 |
정직의 힘

학교를 갓 졸업한 한 여성이 어느 회사의 사장 비서로 취직을 하게 되었습니다. 그런데 날이 갈수록 고민이 생기기 시작했습니다. 날마다 수십 통씩 걸려 오는 전화 가운데 절반 이상을 적절한 거짓말로 연결하지 말아야 했기 때문이었습니다. 그런 생활을 견디다 못한 그녀는 어느 날 사장에게 사직하겠다고 말했습니다. 그러자 사장은 생각할 여유를 달라고 하고는 며칠 뒤에 그 비서를 경리과 중역으로 발령 냈습니다. 사장은 이 여성의 정직성을 높이 산 것이었습니다.

때때로 우리는 정직한 것은 바보스러운 짓이라고 여길 때가 있습니다. 그러나 정직은 우리에게 반드시 좋은 열매를 가져다 줍니다. 그 이유는 정직은 사람을 감동시키는 힘이 있기 때문입니다.

여러분은 여러분이 있는 곳에서 신뢰받는 사람입니까? 아니면 신뢰할 수 없는 사람으로 낙인찍히셨습니까? 중요한 것은 현재입니다. 신뢰를 회복하기 위해 노력하십시오. 오늘 정직한 길로 새롭게 뜻을 정하십시오. 난처한 상황에 처할 것 같아도 솔직하게 이야기하려고 노력하는 것이 중요합니다. 의지를 가지고 실천해 보세요. 정직하지 못한 리더를 누가 믿고 따를 수 있겠습니까? 저는 여러분들이 21세기 대한민국을 변화시킬 수 있는 진정한 리더가 되기를 바랍니다.

이제 곧 중간고사입니다. 공부를 많이 못했을지라도 자신을 속이지 말고 정직하게 최선을 다해 시험에 임하기를 부탁드립니다.

| 10월 13일 |
따뜻한 말 한마디

마음의 근심은 사람을 침울하게 하지만 좋은 말은 사람의 마음을 기쁘게 한다.

「잠언」12 : 25

따뜻하고 부드러운 말은 생명 나무와 같아도 잔인한 말은 사람의 마음을 상하게 한다.

「잠언」15 : 4

마음을 담아 주변 친구들에게 그들의 장점을 조용히 말해 주세요. 어쩌면 그 한마디 말이 생명을 구할 수도 있습니다. 마음이 상한 사람들에게 가장 큰 치료약은 그 사람이 이 세상에 반드시 존재해야 한다는 가치를 일깨워 주는 격려입니다.

'나 같은 애는 왜 태어났을까? 그냥 이렇게 살 바에는 죽는 것이 낫지 않을까? 살기 싫다. 나는 아무짝에도 쓸 데가 없어. 나 같은 애가 죽어도 누구도 슬퍼하거나 신경 쓰지 않을 거야.'

이런 마음이 든 적은 저도 있습니다. 정말 어리석은 생각인 줄 알지만 상황이 그렇게 몰아갑니다. 하지만 여러분들이 잊지 말아야 할 것은 상황은 언제나 변한다는 것입니다

인간은 혼자서는 살 수 없는 존재입니다. 나의 성공을 위해 다른 사람의 행복을 가로채지 마십시오. 그것은 진정한 성공이 아닙니다. 진정한 성공은 남과 더불어 살아갈 때 생깁니다. 주변에 지치고 힘든 친구들이 있다면 그냥 지나치지 마세요. '내가 돕지 않아도 누가 돕겠지' 하는 생각은 책임 회피입니다. 사람의 마음을 살리는 일입니다. 그 일은 서울대 법대를 수석 합격하는 것보다 더 값진 일일 수 있습니다.

2학기 중간고사가 이제 곧 시작합니다. 공부에 대한 스트레스로 힘들어하는 주변 친구들에게 마음이 담긴 한마디 해 주는 하루가 되세요.

환경을 딛고 일어서라

한 소녀가 예쁜 들꽃을 보았습니다. 소녀는 그 꽃의 아름다움에 입을 다물지 못했습니다. 그러다가 그 꽃이 아주 지저분한 흙더미 위에 피어 있음을 발견했습니다. 소녀는 그토록 예쁜 꽃이 그렇게 지저분한 곳에서 자란다는 사실이 마음에 들지 않았습니다. 소녀는 마치 용사라도 된 듯 가차 없이 그 꽃을 뽑아 흐르는 맑은 물에 깨끗이 씻었습니다. 그리고 물기가 마르도록 깨끗한 수건에 싸서 햇볕이 드는 창가에 두었습니다. 결국 그 꽃은 하루도 안 되어 시들어 버렸습니다.

우리는 더러운 세상을 등지고 싶은 충동을 느낄 때가 있습니다. 세상을 등지면 가장 깨끗하고 편안하고 행복한 상태가 찾아올 거라는 착각이 듭니다. 그러나 알아 두셔야 할 것이 있습니다. 사람이 진정 아름다울 때는 세상을 이기고 세상 가운데 서 있을 때라는 것입니다.

혹시 지금 열악한 환경에서 도피하려는 생각을 갖고 계시지는 않나요? 그렇다면 도피할 수 있는 그 용기를 가지고 여러분이 처해 있는 환경에서 아름다운 한 송이 꽃으로 피어나

보십시오. 다른 환경과 비교하지도 말고, 대단한 것을 얻겠다는 생각도 우선은 접어 두기를 바랍니다. 모두가 작은 것부터 시작했습니다. 하나가 없이 둘은 불가능하니까요.

혹시 금이 어떻게 단련되는지 알고 있습니까? 제련소에 가 본 적이 있는 학생들은 뜨거운 열기와 활활 타오르는 불꽃을 기억할 것입니다. 사람도 이와 마찬가지입니다. 이미 형성되어 있는 못난 성격과 아직 계발되지 않은 능력들이 여러분 안에 숨어 있습니다. 도량이 넓어지고 능력이 표출되기 위해서 우리도 정금과 같이 단련되어야 합니다. 남과 비교하지 마십시오. 각자가 함유되어 있는 원천이 다른데 같은 방법으로 단련되면 어떻게 되겠습니까?

어려운 상황이 나에게 닥쳤다면 그것은 내 속에 많은 보물이 숨어 있기 때문입니다. 그런데 그 과정을 견디지 못해 내 안에 보석이 그냥 묻혀 버린다면 얼마나 아깝습니까? 다이아몬드가 돌인 줄 알고 그냥 지나치는 것보다 더 바보스러운 일입니다. 과정을 참고 견뎌 내십시오. 과정을 통과해야만 비로소 진정한 리더로 거듭나게 될 것입니다.

부디 포기하지 마시고 그 환경을 딛고 인생의 아름다운 한 송이 꽃을 피우기를 바랍니다. 어떤 환경 속에서도 굴하지 말고 늘 감사함으로 그 환경을 지혜롭게 극복하는 여러분이 되십시오.

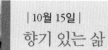
향기 있는 삶

　한 떨기의 미뇨렛 꽃이 자갈길 위에서 그윽한 향기를 발하고 있었습니다. 미뇨렛 꽃 주위에 있던 자갈들이 말했습니다.

　"당신의 향기는 오늘따라 더 그윽하군요."

　그 말을 들은 미뇨렛 꽃은 자갈들에게 다음과 같이 말을 했습니다.

　"당신들도 보았다시피 방금 저는 어떤 사람의 발에 짓밟혔습니다. 그 때문에 저는 더 많은 향기를 내뿜을 수 있게 되었습니다."

　미뇨렛 꽃의 말을 들은 자갈들은 생각했습니다.

　"우리들은 짓밟히면 짓밟힐수록 더욱 더 거센 울분으로 단단해질 뿐인데…."

　원치 않는 재난을 당할 때, 마음을 지키는 사람은 향기를 발합니다. 그러나 재난의 충격을 이기지 못해 마음관리가 제대로 못된 사람들은 거센 울분으로 마음이 딱딱해지고 잔인해집니다.

　여러분도 시험으로 인해 많이 힘드시죠? 조금만 더 힘을 내세요. 사랑하는 여러분이 이 모든 역경 가운데에서 더 진하고 아름다운 향기를 낼 수 있는 사람들이 되길 소원합니다. 절대로 포기하지 마세요. 오늘도 정직하게 노력하십시오.

선을 악으로 갚지 말라

누구든지 선을 악으로 갚으면 악이 그의 집을 떠나지 않을 것이다.

「잠언」17 : 13

제가 잠언의 말씀들 중에서 가장 무섭다고 여기는 말씀 중 하나입니다.

현대 사회가 각박해지면서 선을 악으로 갚는 사람들이 점점 많아지고 있습니다. 물에 빠진 사람을 겨우 구해 주었는데 오히려 보따리를 내놓으라는 사람들입니다. 또한 선을 선으로 여기지 않고 색안경을 끼고 보는 사람들도 많아졌습니다.

청소년이지만 여러분들도 이런 일들을 경험했으리라 생각합니다. 그런 일을 겪게 되면 정말 속상합니다. 그리고 화도 많이 납니다. 마음 같아서는 그런 사람들과 대판 싸우고도 싶습니다. 그런데 그럴 필요가 없습니다. 그 이유는 바로 오늘 잠언에 나와 있습니다.

선을 악으로 갚은 사람에게는 악이 계속 떠나지 않는다고 합니다. 놀랍고 무서운 말입니다. 하지만 진리입니다. 그래서 저는 이 말씀을 볼 때마다 행여 나도 모르는 사이에 선을 악으로 같은 일이 없나 돌아보게 됩니다.

여러분은 어떤가요? 만약 그런 일이 있다면 오늘 상대방에게 진심으로 사과하십시오. 정직하게 여러분의 잘못을 인정하고 그 사람에게 용서를 비십시오. 마음속에 깊은 평안과 기쁨이 찾아오게 될 것입니다.

청소년기를 보내면서 꼭 다짐할 것이 있습니다. 바로 선을 악으로 갚지 않겠다는 결심입니다. 친구들 간에 있어서 꼭 지켜야 할 일입니다. 저는 여러분이 할 수만 있다면 선을 베풀고 사는 분들이 되었으면 좋겠습니다. 여러분 한 사람 한 사람을 통해 이 세상이 분명 밝아질 수 있습니다.

| 10월 17일 |

마음밭을 기경起耕하라

여러분의 마음 밭에는 어떤 새싹들이 자라고 있나요? 혹시 악한 열매를 맺을 새싹들이 자라고 있지는 않습니까? 미움, 다툼, 시기, 교만, 이기심, 험담, 판단 등이 여러분의 마음밭에서 무성하게 자라고 있지는 않나요? 그렇다면 여러분의 마음밭을 기경起耕하시기 바랍니다. 그리고 그 밭에 선한 씨를 파종하기 바랍니다.

영국의 성직자 칼렙 콜턴은 말했습니다.

악이 뿌려진 곳에 악만 뽑아내서는 안 된다. 그것만으로는 부족하다. 악을 뿌리 뽑을 수 있는 힘을 가진 자를 그 자리에 심도록 하라. 그렇지 않으면 또 다시 수고를 해야 할 것이다. 왜냐하면 악은 나도 모르는 사이에 다시 뿌려져 자랄 것이기 때문이다. 잡초가 자랐던 억센 토양에 아무것도 나지 않게 하는 데 드는 수고보다 훨씬 적은 수고로 밀이 나게 할 수 있을 것이다.

사랑하는 후배들, 여러분의 가슴속 정원에는 어떤 씨앗들이 자라고 있나요? 마음관리 시간을 통해 내면의 정원에 있는 온갖 추악한 새싹들을 발견하여 과감히 뽑아내기 바랍니다. 그리고 기쁨으로 선한 씨를 심는 것도 기억하길 부탁드립니다.

삶을 변화시키는 최상의 방법은 바로 진정한 마음관리 시간을 통해 자신을 돌아보는 것입니다. 중간고사 시험 준비로 시간이 없다 할지라도 이 시간은 꼭 지켜 주기를 부탁드립니다.

참다운 영웅

작은 일에도 물 샐 틈이 없고, 어두운 곳에서 자신을 속이지 않으며, 끝에 가서도 게으르지 않는다면 이야말로 참다운 영웅이라 할 것이다.

『채근담』

진정한 리더가 되기 위해 『채근담』에서 세 가지 훈련을 보여 줍니다.

'작은 일에도 물 샐 틈이 없다.' 이 말은 잔일부터 충실하라는 뜻입니다. 잔일에도 열심을 다하지 않는 사람이 큰일이라고 열심을 다하겠습니까? 충실하고 세밀한 성품도 훈련을 통해 다져질 수 있습니다. 처음부터 그런 성품을 지닌 사람도 있을 수는 있겠지요. 하지만 대부분의 사람들이 노력하고 주의하므로 형성되는 것입니다.

'어두운 곳에서 자신을 속이지 않는다.'

양심을 속이지 말자는 이야기입니다. 자신을 속이든 남을 속이든 결국에는 다 드러나게 되어 있습니다.

'끝에 가서도 게으르지 않는다.'

우리들은 보통 처음에 열의를 가지고 공부에 임합니다. 계획을 세운 그날, 마음을 먹은 그날, 책을 산 그날 등은 게으름이 비집고 들어올 수 없습니다. 하지만 며칠이 지나고 나면 게으름은 우리 마음을 장악하고도 남습니다. 하지만 끝까지 게으르지 않는다면 우리는 계획한 바를 다 이루고도 남을 것입니다.

여기서 잠깐 제가 내린 진정한 리더의 정의를 덧붙이겠습니다. '어려운 이웃을 선대할 줄 아는 따뜻함'과 '자기 분야에서의 탁월한 실력'입니다. 제가 붙인 항목까지 모두 도전해 볼만한 가치가 있는 훈련이라고 생각합니다.

참다운 영웅은 하루아침에 되는 것이 아닙니다. 청소년 시절부터 바른 꿈과 희망을 품고 조금씩 인내하며 준비해 가는 것입니다. 끊임없이 자기와의 싸움에서 준비하고 또 준비하면 나도 모르는 사이에 진정한 리더가 되어 있을 것입니다.

여러분, 시험 준비든 친구와의 관계에서든 그 과정을 통해 자신의 부족과 게으름 그리고 인내 등을 배우기 바랍니다. 잔일에 충실한 자가 비로소 큰일도 충실할 수 있음을 꼭 기억하십시오.

최고보다는 최선을 1

따뜻하고 부드러운 말은 생명 나무와 같아도 잔인한 말은 사람의
마음을 상하게 한다.

「잠언」15 : 4

제가 아는 한 학생은 아버지로부터 '1등을 해야 해. 2등은
이미 진 거야'라는 이야기를 듣고 자랐다고 합니다. 최선은
다했지만 2등을 했기 때문에 아버지로부터 혹독한 꾸중을 들
었다고 합니다. 그런 생활이 익숙해지면서 '1등을 못하면 어
차피 인정도 못 받는데 2등을 하면 뭐하나'하는 생각에 만족
이 없었다고 합니다. 항상 최고가 되어야 한다는 강박 관념이
자리 잡은 것입니다. 결국 강박 관념은 그 학생에게 공부하는
것 자체를 두려워하게 만들었습니다. 물론 흥미도 잃었습니
다. 결국 그의 아버지가 원하는 실력자가 될 수 없었습니다.

1등도 중요하지만 여러분이 최선을 다했다는 사실이 더 중
요합니다. 올림픽 경기를 기억해 보세요. 1등에게 보내는 찬
사는 물론 부러운 것입니다. 그러나 땀방울은 1등이나 1등이
아닌 선수들이나 한가지입니다. 우리는 그 땀방울 모두를 소

중하게 생각해야 합니다. 또 1등만이 모든 영광을 누리는 것이 아닙니다. 인생은 그렇게 간단한 도식으로 나타낼 수 없는 복잡한 것입니다. 학교에서 1등은 아니더라도 최선을 다해서 꿈을 이루어 나가는 사람이 인생에서 1등입니다. 학교는 인생의 한 부분입니다. 결코 낙담하지 말고 최선을 다하십시오.

여러분 주위에 부모님의 기대가 높아 힘들어하는 친구들이 있습니다. 그런 친구들에게 필요한 것은 따뜻한 격려입니다. 부모님에게 듣지 못한 칭찬은 영혼이 죽어 가던 그 친구들에게 생명의 격려가 될 수 있습니다.

| 10월 20일 |
최고보다는 최선을 2

다음 이야기를 한번 읽어 보세요.

나와 남편은 캠프장 근처에서 조깅을 하고 있었습니다. 그래서 우리는 그 모녀의 모습을 볼 수 있었습니다.

여인은 유명한 영화배우였습니다. 그녀가 딸을 만나기 위해 여학생 하계 수련회장으로 찾아왔습니다. 연습 경기 시간이 되었을 때, 여배우는 사이드라인에서 딸을 지켜보고 있었습니다. 그 여자 아이는 잘했지만 선수권에 도전할 만큼은 아니었습니다. 그러자 여배우는 짜증을 냈습니다. 딸아이의 경기가 끝나자 엄마는 외쳤습니다.

"어쩜 그렇게 못하니? 넌 마치 언덕을 굴러 내려가는 감자 포대 같아 보이더라!"

그러자 여자아이는 그만 울음을 터트리고 말았습니다. 내 마음도 아팠습니다.

나도 어느 체육 대회에서 울음을 터트릴 뻔했던 적이 있었습니다. 난 그때 일을 모두 잊어버렸지만, 그 당시 어머니가 건넨 말은 아직도 기억 속에 생생합니다.

어머니는 첫아기를 낳다가 소아마비에 걸리셨습니다. 이후로 평생을 휠체어와 목발에 의지해야만 했지요. 하지만 아무리 힘들어도 결코 낙담하지 않으셨습니다. 어머니는 아이를 다섯이나 키우셨고 직업도 가지고 계셨습니다.

나는 학생 시절에 체조 프로그램에 참여했던 적이 있었습니다. 1972년까지 나는 뮌헨 올림픽 여자 국가 대표 체조 팀에 소속되어 있었고, 오로지 금메달만을 목표로 하고 있었습니다. 그 당시 습관이 하나 있었는데, 경기를 시작하기 전에 짜여진 프로그램을 잘 마칠 수 있도록 하나님께 힘과 제어력을 달라고 기도하는 것이었습니다. 뮌헨에서 조국과 나 자신에게 불명예를 안겨 주고 싶지 않았기 때문이었습니다. 그러나 나는 최선을 다하여 경기를 치렀지만 금메달을 따지는 못했습니다. 관람석에 계신 부모님에게로 가서 간신히 말했습니다.

"죄송해요, 하지만 저는 최선을 다했어요."

어머니는 웃으시면서 평생 잊을 수 없는 말씀을 해 주셨습니다.

"그래, 너도 그걸 알고 있고 나도 알고 있단다. 그리고 엄마는 하나님도 그 사실을 알고 계시리라 믿는다. 최선을 다하는 것이 최고가 되는 것보다 더 중요하단다!"

그때 갑자기 어머니를 더 잘 이해할 수 있을 것 같았습니다. 어머니는 장애인이라는 사실이 최선을 다하는 데 있어서 걸림돌이 된다고 생각하지 않으셨습니다.

나는 울고 있는 소녀에게 가서 팔로 감싸 안아 주었습니다. 그리고 말했습니다.

"얘야, 나는 네가 여름 내내 연습하는 걸 보았단다. 그리고 네가 최선을 다했다는 것도 알고 있지. 최선을 다하는 것이 최고가 되는 것보다 더 중요한 것이란다. 나는 네가 멋지게 보이는구나."

그러자 아이의 눈물 사이로 자그마한 웃음이 번졌습니다. 아마도 언젠가, 어디에선가 이 아이도 그 말을 하겠지요.

각자에게 있어서 최선의 분량은 다릅니다. 어떤 사람의 최선은 다른 사람이 보기에 턱없이 부족할 수도 있습니다. 그것은 남이 판단할 부분이 아닙니다. 자신만이 알 수 있습니다. 후배 여러분, 최선을 다한다는 것만으로 충분합니다. 나의 환경에서 최선을 향한 몸부림은 정말 아름답습니다. 비록 최고의 결과를 얻지 못해도 최선을 다하려는 여러분이 자랑스럽습니다.

저의 꿈은 절망하고 좌절한 청소년들에게 작지만 희망과 격려를 주는 것입니다. 수없이 좌절하고 여러 병으로 힘겹게 싸워 가면서 배우고 느낀 것을 후배들에게 전해 주고 싶습니다. 그래서 저 같은 실수를 반복하지 말고 멋진 리더로 자라나기를 바랍니다. 저는 여러분들이 할 수 있다고 믿습니다.

요긴할 때 도와라

조그만 친절도 한평생 그 은혜에 감격하게 할 수도 있다. 남보다 더 사랑해 주면 그만큼 고맙게 대해 줄 것 같지만 도리어 불만을 품는 사람이 있는가 하면, 아주 적은 것을 주고도 그것이 긴요할 때에 주면 도리어 큰 기쁨이 되는 경우도 있다. 많은 돈이나 물질보다는 필요할 때 진심으로 도와주는 편이 낫다.

『채근담』

시험 기간 친구가 나에게 질문을 해 온다면 과연 나는 가르쳐 줄 것인가? 아니면 아는 문제지만 모른다고 잘라 말해 내 공부에만 집중할 것인가?

참 힘든 문제입니다. 공부할 시간도 빠듯한데 누군가가 질문을 함으로써 공부하는 리듬이 깨질 수도 있습니다. 한두 번 가르쳐 주면 계속 나에게 질문할지도 모른다는 부정적인 생각들이 여러분을 괴롭힐 수도 있습니다.

저는 여러분에게 자신 있게 말씀드립니다. 가르쳐 주십시오. 아무리 공부 시간이 없다 하더라도 절박하게 찾아온 친구를 그냥 돌려보내지 마십시오. 가르쳐 줄 능력이 있으면 도와주십시오. 친구에게 가르쳐 주면서 자신 또한 되새김질하는 것입니다. 작은 선행이지만 꼭 필요할 때 하는 선행만큼 고마운 일이 없습니다.

마음이 따뜻한 사람이 세상을 변화시킬 수 있습니다.

| 10월 22일 |
참된 준비

오늘의 왕성함 속에 내일의 시듦이 깃들어 있고, 오늘의 시듦 속에 내일의 왕성함이 깃들어 있다. 이러한 이치를 깨닫고 지각 있는 사람은 일이 잘 풀릴 때일수록 더욱 조심하여 만일의 환난에 대비하고, 곤경에 처했을 때일수록 뜻을 굳게 정해 백 번 참고 견디어 최후의 성공을 도모해야 한다.

『채근담』

시험을 볼 때 뜻하지 않게 실수하고 망치는 경우가 종종 생깁니다. 그럴 때 우리는 무척 낙담합니다. 다음 날 볼 시험을 준비해야 하는데 오늘 한 실수로 속이 상해 공부가 손에 안 잡힐 수 있습니다. 그런 경우를 많은 이들이 경험했을 것입니다.

그럴 때 어떻게 해야 할까요? 그냥 속상한 마음 그대로 내버려 두면 그 마음이 계속 커져 마음 전체를 휘감아 버릴 수 있게 됩니다. 그러면 다음 날 시험뿐만 아니라 중간고사 시험 자체를 망칠 수 있습니다. 그러므로 속상한 마음을 그냥 내버려 두면 안 됩니다. 마음을 다독이면서 역전의 기회가 반드시 있음을 스스로에게 암시해야 합니다. 속상한 마음이 가는 대로 움직이면 악순환만 생길 뿐입니다.

다음 시험에서 얼마든지 만회할 수 있습니다. 또한 그렇게 생각해야 합니다. 열심히 준비한 학생일수록 속상함은 더할 것입니다. 그렇더라도 그 열심을 잃지 마십시오. 지금 당장은 아니더라도 열심은 언젠가 꼭 보상을 받을 수 있습니다.

중간고사로 인해 많이 힘들고 어려울 것입니다. 잠도 잘 못 자고 긴장과 스트레스로 입맛도 별로 없을 수 있습니다. 조금만 더 힘내세요. 그런 과정을 통해 더 큰 인내와 용기를 배울 수 있습니다.

도도새

　인도양의 외딴 섬에 도도라고 불리는 새들이 살고 있었습니다. 도도새는 모양새가 우스꽝스러웠습니다. 게다가 도도새의 고기는 끓이면 끓일수록 질겨지고 맛이 없었습니다. 그래서 사람들은 도도새를 아무짝에도 쓸모없는 것으로 여겼습니다. 그러나 도도새가 멸종되고 나자 그 섬에서 자라고 있던 갈바리야라는 나무가 더 이상 번식하지 않는다는 것을 알게 되었습니다. 갈바리야나무의 씨앗은 껍질이 너무 두껍기 때문에 도도새에게 먹혀서 배설물로 나와야만 싹이 틀 수 있었던 것입니다.

　모든 것에는 그 나름대로의 존재 가치가 있습니다. 사람은 더욱더 그렇습니다. 쓸모없는 사람은 이 세상에 단 한 사람도 없습니다. 한 사람 한 사람이 모두 귀한 존재인 것입니다.

　여러분 각자에게 주어진 귀한 재능이 있습니다. 자신의 재능을 우습게 여기고 방치하지 마십시오. 그것만큼 어리석은 행동은 없습니다.

　세상적인 기준으로 보았을 때 현재 나의 모습이 도도새처럼 아주 못생기고 우스꽝스럽고 별로 쓸모없는 것처럼 보여도 여러분의 진정한 가치는 그 누구도 대신할 수 없습니다. 매일 마음관리 시간을 통해 자신의 진정한 재능과 가치를 새롭게 발견하십시오. 새롭게 발견한 자신의 가치와 재능 그리고 가능성을 생명처럼 소중히 여기십시오. 그리고 그것을 계발시키고 훈련하는 데 게으르지 마십시오. 여러분에게 누가 야유하고 욕하고 비웃어도 굴하지 마십시오. 큰 그릇은 더디게 만들어지는 법입니다.

| 10월 24일 |
게으름과 자포자기

게으른 마음이 한번 생기면 곧 자포자기에 빠지게 된다.

정자程子

게으름이 무서운 이유는 단순히 사람을 방심하게 하고 나태하게 만들기 때문이 아닙니다. 정말 무서운 이유는 게으름의 궁극적 목표가 바로 자포자기이기 때문입니다. 게으름은 처음에는 아주 은밀하게 찾아옵니다. 특별히 시험이 끝난 다음 정당한 이유를 들고 찾아옵니다.

'이제 시험은 끝났어. 이제 좀 놀아야지. 놀지 않고 공부만 하면 학습 능률이 오르지 않아. 그러니 좀 놀자.'

아주 그럴싸한 이유입니다. 물론 시험이 끝난 다음 푹 쉬면서 시험으로 지친 심신을 쉬게 할 필요는 분명 있습니다. 그러나 꼭 해야 할 공부마저 쉬라고는 안 했습니다. 공부는 리듬이 매우 중요합니다. 좋은 습관으로 공부하는 리듬이 형성되기는 어렵지만 무너뜨리는 데는 일주일도 안 걸립니다. 만약 여러분이 게으름의 은밀한 속삭임을 초반에 단호하게 거절하지 못하면 금세 몸과 마음이 느슨해집니다. 느슨한 생활은 힘들게 만든 생활 습관은 물론이고 무기력까지 불러옵니다.

무기력은 몸과 마음을 아주 힘들게 합니다. 여러분의 꿈과 희망이 점차 멀어지는 것도 느낄 것입니다. 그리고 여러분을 자포자기라는 감옥에 가두어 버립니다. 여기서 빠져나오기란 쉽지가 않습니다. 처음부터 단호하게 게으름을 물리쳐 내기 바랍니다.

이제 중간고사가 끝났습니다. 정말 수고 많으셨습니다. 푹 쉬십시오. 그러나 꼭 해야 할 필수 공부는 해야 합니다. 힘들게 쌓아 올린 공부 리듬과 생활 리듬을 꼭 지키십시오. 간곡히 부탁드립니다.

나만이 피해자

'일이 이렇게 된 것은 다 저 사람 때문이야. 저 사람만 안 만났더라도 내가 이 모양 이 꼴이 되지는 않았을 거야.'

혹시 여러분은 이런 식으로 남을 탓하고 있지는 않나요? 늘 나만 옳고, 나만이 피해자라고 생각하지는 않나 살펴보십시오. 그렇다면 탓하고 있는 상대와 이야기할 기회를 마련해 보기 바랍니다.

그러면 여러분은 놀라운 사실을 발견하게 될 것입니다. 그 것은 상대도 자신이 피해자라고 생각하고 있다는 것입니다. 상대는 여러분의 거울입니다. 상대가 여러분을 보고 찡그리고 있다면 여러분도 상대를 향해 찡그리고 있는 것입니다. 그러 므로 상대를 탓하는 것은 어리석은 개가 거울에 비친 자신의 모습을 보고 마구 짖는 것과 같습니다. 상대를 탓하는 여러분 의 언행은 날카로운 부메랑이 되어 상대를 찌르고 돌아와 여 러분을 찌를 것입니다.

지혜로운 사람은 다른 사람의 결점을 보고 자신의 결점을 고칩니다. 저는 여러분이 마음관리 시간을 통해 다른 사람을 향한 '탓'이라는 굴레에서 벗어나기를 소원합니다. 그 굴레에서 벗어나야만 비로소 우리는 진정한 마음으로 서로의 가치와 재능을 인정하고 받아들일 수 있습니다.

가을의 한복판으로 성큼 다가가고 있습니다. 독서를 통해 마음을 더욱 풍요롭고 아름답게 가꾸시길 바랍니다.

| 10월 26일 |
신중하게 이성을 만나라

방탕한 여인의 입술은 꿀보다 달고 그 입은 기름보다 더 미끄러우나 나중에는 쓰라림과 고통만을 남겨 줄 뿐이다. 그런 여자는 지옥을 향해 죽음의 길을 치닫고 있으면서도 생명의 길을 생각하지 못하며 자기 길이 비뚤어져도 그것을 깨닫지 못한다. 내 아들들아, 이제 너희는 내 말을 잘 듣고 잊지 말며 그런 여자를 멀리하고 그녀의 집 문에도 가까이 가지 말아라. 그렇지 않으면 한때 네가 누리던 영예를 다른 사람에게 빼앗기게 되고 너는 난폭한 자들의 손에 죽음을 당할 것이며 낯선 사람들이 네 재물로 배를 채우고 네 수고한 것이 다른 사람의 집으로 갈 것이다. 그럴 경우 결국 네 육체는 병들어 못쓰게 되고 너는 이렇게 탄식하게 될 것이다. 내가 왜 훈계를 싫어하며 어째서 내 마음이 꾸지람을 가볍게 여겼는가? 내가 내 스승의 말을 듣지 않았고 나를 가르치는 사람에게 귀를 기울이지 않았더니 이제 많은 사람들 앞에서 수치를 당하게 되었구나.

「잠언」 5 : 3～14

아름다운 여성이나 멋진 남성의 유혹을 뿌리친다는 것만큼 힘든 일은 없을 겁니다. 어쩌면 이미 유혹에 넘어갔을 수 있습니다. 유혹의 순간은 달콤하지만 끝은 무척 힘듭니다. 조금만 더 참고 그 유혹을 피할 수만 있다면 얼마나 좋을까요? 청소년 시절은 빠르게 지나갑니다. 성인이 될 때까지 조금만 더 기다려 주세요.

가을이 깊어 갑니다. 외롭다고 무턱대고 경거망동하지 않기를 부탁드립니다.

공부를 잘할 수 있는 다섯 가지 방법

널리 배우고, 자세히 묻고, 신중하게 생각하고, 밝게 분변하고, 독실하게 실천해야 한다. 이 다섯 가지 중에 하나라도 빠뜨린다면 올바른 공부가 아니다.

정자精子

여러분 스스로에게 물어보세요.

1. 현재 나는 모든 수업 시간에 집중하여 널리 배우고 있는가?

2. 현재 나는 모르는 것이 있을 때 그냥 넘어가지 않고 알 때까지 친구 혹은 선생님께 묻고 있는가?

3. 오늘 배운 내용들을 복습하며 신중하게 생각하고 또 생각하고 있는가?

4. 내가 배운 내용들과 공부한 내용들을 더 깊이 이해하고 내 것으로 만들기 위해 냉철하게 분별력을 가지고 받아들이고 있는가?

5. 내가 세운 실천 가능한 나만의 계획을 힘들어도 꾹 참고 성실하게 실천하고 있는가?

이 다섯 가지를 여러분이 다 지킬 수만 있다면 여러분은 세계의 가고자 하는 모든 대학 모든 학과에 무난히 들어갈 수 있습니다. 이것은 위대한 방법들입니다. 간결하지만 공부를 잘 할 수 있는 방법들이 모두 들어 있습니다.

이제 중간고사도 끝나고 독서의 계절인 가을로 성큼 접어드는 시기입니다. 기말고사를 보려면 아직 시간이 있는 이때에 현재 상태를 점검해 보세요. 그리고 혹시 부족한 부분들이 있다면 다시 뜻을 정해 오늘부터 새롭게 시작해 보세요. 나를 잘 파악하고 있어야 보완해 나갈 수 있습니다. 냉정하게 자신을 바라보세요. 지금은 조금 부끄럽고 힘들지 몰라도 자신의 발전하는 모습에 놀라게 될 것입니다.

진정한 리더가 된다는 것은 생각만 해도 가슴 설레는 위대한 삶의 목표입니다. 힘들지만 도전할 충분한 가치가 있는 꿈입니다. 도달하기 위해 노력하는 여러분들이 자랑스럽습니다.

어머니의 사랑

어머니의 사랑은 자꾸 요구한다고 해서
기분이 상하는 것도 아니요
어머니의 사랑은 무시한다고 해서 움츠러드는 것도 아니요
어머니의 사랑은 세월이 흐른다고 변하는 것도 아니요
어머니의 사랑은 죽는다고 없어지는 것도 아니다.
거친 말을 들으면 부드러운 말로 응수하고
타격을 받으면 그 타격을
오히려 유익한 것으로 바꾸어 놓으며
무시를 당하면 당할수록 더욱더 눈여겨보는 어머니의 사랑.

아! 어머니의 사랑에 감사하자.
한 번만이라도 시간을 내어 어머니를 찾아보라.
그러면 나이 많으신 어머니의 마음속에
온갖 행복한 추억들이 다 떠오르게 될 것이다.
어머니가 별 말씀 없이 그냥 앉아 계신들 어떤가
어머니는 당신이 아무 말도 못하는 아기일 때
몇 달 동안을 지켜보셨는데.

어머니가 자신의 잔병들에 대해 좀 이야기하신들 어떤가
당신은 15년 동안 조그만 생채기나 멍만 들어도
어머니께 달려갔는데.
그러면 어머니는 마치 의사가 심한 골절상이라도 치료하듯
그렇게 조심스럽게 당신의 상처들에
약을 바르고 싸매어 주셨는데.
어머니가 이제는 꼭 어린애 같아졌다고 불평하는가
어머니는 항상 어린애 같은 당신을 지켜보셨는데.

어머니의 거동이 느려서 함께 걷기가 짜증난다고 말하는가
어머니는 아마 당신이 천천히 걸었던 때를
기억도 못 하고 계실 것인데.

제가 무척 사랑하는 헌목이가 세 식구와 점심 식사를 했습니다. 헌목이는 제가 사랑하는 벗의 아들입니다. 1년 6개월 된 녀석이 어찌나 힘이 센지 우량아의 극치였습니다. 밥을 먹는 내내 헌목이를 돌보느라 헌목이 엄마와 아빠는 식사를 제대로 할 수 없었습니다. 헌목이 엄마, 아빠는 서로 번갈아 가면서 헌목이를 보며 식사를 해야 했던 것입니다.

그 모습을 보면서 참 많은 생각을 했습니다. '나의 부모님도 저렇게 하셨겠지. 무뚝뚝한 우리 아버지도 저렇게 하셨을까?' 한참을 생각했습니다. 아무리 생각해 봐도 부모님의 사

랑과 은혜는 평생 갚아도 못 갚을 것 같습니다.

여러분들도 행여 중간고사 치르느라 부모님께 짜증을 부린 것이 있다면, 쑥스러워도 사과하십시오. 아니면 사랑한다며 꼭 안아 드리세요. 우리가 부모님께 해 드릴 수 있는 작은 행동이지만 부모님은 가장 행복한 순간일 것입니다.

| 10월 29일 |
말을 아끼는 자

배운 사람은 말을 함부로 하지 않으며 지혜 있는 사람은 언제나
침착하다. 미련한 사람도 가만히 있으면 지혜로운 자로 여기고 입
을 다물고 있으면 지성인 취급을 받는다.

「잠언」17 : 27~28

저는 성격이 남들보다 급한 까닭에 생각한 것을 오래 담아
두지 못하고 금새 말로 표현할 때가 많습니다. 그런데 문제는
말로 한 것을 다 지켜야 하기에 몸이 무척 고생을 합니다. 그
럴 때마다 앞으론 급하게 말하지 말기로 다짐을 합니다. 그런
데도 어떤 일이 생기면 금새 잊어버리고 말을 하고, 그 말을
지키기 위해 동분서주할 때가 많습니다.

여러분은 어떤가요? 저처럼 약간 푼수 기질이 있나요? 주
변에 저를 아끼는 분들도 제게 말을 더 아끼라고 충고를 해 주
십니다. 그 덕분에 지금은 예전에 비해 많이 좋아졌습니다. 훈
련이라는 것은 놀라운 것입니다. 마음속에 뜻을 정하고 노력
하는 것은 어렵지만 결과는 만족스럽습니다.

사랑하는 후배들도 청소년 시기부터 좋은 습관은 미리미리
몸에 지니세요. 그것이 여러분 평생의 가장 값진 재산이 될 것

입니다. 누구도 빼앗을 수 없는 여러분만의 특별한 보물이 될 것입니다.

천고마비의 계절인 가을입니다. 가을에는 말을 아끼며 깊은 독서를 통해 마음을 더욱 풍요롭게 가꾸어 보기 바랍니다. 이번 주말을 이용해 좋은 음악을 들으며 보고 싶은 책을 한 권 정도 골라 맑은 가을 하늘을 보며 독서를 해 봄이 어떤가요? 여유가 없다는 생각이 든다면, 오늘부터 시간 관리를 잘해서 여유를 가져 보세요. 분명 후회하지 않을 겁니다.

| 10월 30일 |
인간의 몫

자기의 잘못을 결코 용서하지 않는 사람들이 있습니다. 특히 예민하고 소심하면서도 완벽주의 성향을 지닌 사람들 가운데 지나친 자기 정죄를 하는 사람들이 많습니다. 이런 사람들은 실수를 두려워해서 평안함을 잃고 늘 긴장되어 있거나 또는 죄책감에 시달리기도 합니다. 자기를 용서하지 못하는 사람은 '건강한 자기 사랑'이라는 열매를 얻지 못합니다.

인간은 결코 완벽할 수 없습니다. 완벽은 인간의 몫이 아닙니다. 자신의 부족함과 연약함을 있는 그대로 인정하고 받아들이십시오. 나 자신의 있는 모습 그대로를 얼싸안으십시오. 나 자신을 용서하지 못하면 나 자신을 진심으로 사랑할 수 없습니다. 나 자신을 진심으로 사랑하지 못하면 이웃을 진심으로 사랑할 수 없습니다. 자신의 연약함을 인정하고 받아들여야 비로소 이웃의 연약함과 부족함 역시 품어 주고 이해할 수 있게 됩니다.

오늘부터 새롭게 뜻을 정해 여러분의 약점과 부족한 모습들을 인정하고 받아들이세요. 거기서부터가 변화의 시작입니다.

다람쥐와 옥수수

화창한 어느 가을날, 한 농부가 토실토실하게 여문 옥수수를 엮어 나뭇가지에 매달았습니다. 다람쥐 한 마리가 그 광경을 숨어서 지켜보았습니다. 그러고는 날마다 농부의 눈을 피해 옥수수가 매달려 있는 나뭇가지에 올라가 배가 터지도록 옥수수를 먹어 댔습니다.

며칠 후 농부는 나무 밑에 떨어져 죽어 있는 다람쥐를 발견했습니다. 너무 먹어 둔해진 몸을 이끌고 내려오다가 발을 헛디뎠던 것입니다.

우리들도 이 다람쥐처럼 절제하지 못해 실패하는 경우가 종종 있습니다. 말의 절제, 시간의 절제, 화의 절제, 음식의 절제 등 우리의 삶에 절제가 필요한 부분은 참으로 많습니다. 여러분의 경우는 어떻습니까? 여러분은 어떤 부분이 가장 절제가 되지 않나요? 마음관리 시간을 이용하여 한번 깊이 생각한 후 정리해 보십시오. 그리고 그것을 고치겠다고 단단히 뜻을 세우십시오. 왜냐하면 나쁜 버릇은, 쉽게 들어갈 수는 있지만 나오기는 힘든 편안한 침대와도 같기 때문입니다.

이제 10월의 마지막 날입니다. 이번 한 달도 참 수고 많았습니다. 특히 중간고사가 있어서 많이 힘들었을 줄 압니다. 새로운 11월을 위해 계획 세우는 것 잊지 마십시오. 세밀하고 실현 가능한 계획으로 세워야 한다는 것도요.

아름다운 인격은 아무도 훼손할 수 없습니다

11 월의 이야기

여러분에게 실패란 또 다른 형태의 성공입니다. 여러
분에게는 큰 꿈과 희망이 있습니다. 아무리 비가 오고 바
람이 불어도 구름 너머에는 언제나 태양이 환하게 빛나
고 있답니다.

기러기들이 날아가는 것을 본 적이 있습니까? 직접 보지 못했더라도 텔레비전을 통해 가끔 보았을 것입니다. 기러기는 V자 형태로 날아가는데 그 모습은 가히 장관이라고 할 수 있습니다. 그 모습을 보고 한번쯤 기러기들이 왜 저런 형태로 날아가는 걸까 하는 의문을 가질 때가 있었을 것입니다.

과학적 연구를 통하여 덩치 큰 새들이 저마다 날갯짓을 할 때 뒤따라오는 새들은 곧바로 상승 기류를 타고 상승 또는 수직 상승한다는 사실을 알게 되었습니다. V자 형태를 취하며 비행을 하는 것은 혼자서 비행할 때보다 무려 71%나 더 먼 거리를 여행할 수 있게 해 줍니다. 이 연구는 오랜 시간에 걸쳐 들판이나 아니면 잘 통제된 조건 하의 풍동風洞에서 이루어졌습니다.

한 가지 놀라운 사실은, 만일 이 형태가 무너진다 해도 새들은 혼자서 비행하는 걸 싫어해서 금방 다시 V자 형태를 만든다는 것인데, 이는 앞에 날아가는 새의 상승 능력을 이용하기 위해서입니다. 만일 어떤 새가 지치면 그 새는 뒤로 가고, 뒤의 새가 앞으로 와서 계속 비행을 하는 것입니다. 협동이 무엇인지를 너무나 잘 보여 주는 예라고 할 수 있습니다.

이런 협동의 모습은 다음에서도 나타납니다. 기러기 떼가 날아갈 때 여러 가지 울음소리를 들을 수 있을 것입니다. 이 울음소리들은 앞에 가는 리더의 기운을 북돋아 주며 속도를 맞추기 위한 신호의 역할을 하기도 합니다. 또한 어떤 기러기가 아프거나 엽총에 맞아 무리에서 이탈할 경우, 다른 기러기가 끝까지 따라가서 도와준다는 것입니다. 따라간 기러기는 아픈 기러기가 죽거나 또는 다시 날아갈 수 있을 때까지 옆에서 함께 있어 줍니다. 그러고는 나름대로 형태를 이루고 가든지 아니면 다른 무리에 합세하든지 해서 원래 대열을 찾아가게 되는 것입니다.

기러기들이 협동하는 모습이 우리 현실 속에서도 이루어지면 얼마나 좋을까요? 시기, 질투, 미움이 팽배한 21세기 한국 사회 속에서 기러기들의 모습이 참 부럽습니다. 아마도 기러기 떼가 그렇게 할 수 있는 것은 맨 앞의 멋진 리더가 본을 보이기 때문일 것입니다. 진정한 리더의 가치는 정말 말로 표현할 수 없습니다. 한 명의 잘 준비된 진정한 리더가 한국을 새롭게 할 수 있습니다. 잊지 마십시오. 여러분들이 바로 미래, 세계의 진정한 리더라는 것을!

이제 중간고사도 다 끝났습니다. 중간고사 보느라 수고 많으셨습니다. 시험 결과에 만족하지 못한다 하더라도 최선을 다하셨다면 그것으로 족합니다. 중간고사가 끝났다고 너무 방심하지 마시고 오늘 주어진 시간, 놀 때 놀고 공부할 때 확실히 공부하며 후회 없이 알차게 보내십시오. 그런 하루하루가 쌓여 비로소 여러분이 진정한 리더로 성장하게 되는 것입니다.

| 11월 2일 |
관대하라

마음에 가득 찬 것을 입으로 말하는 법이다. 선한 사람은 선한 것을 쌓아 두었다가 선한 것을 내고, 악한 사람은 악한 것을 쌓아 두었다가 악한 것을 낸다.

「마태복음」 12 : 34~35

관대하십시오! 사랑하는 이에게, 불행한 사람들에게, 특히 관대하게 대하고 싶지 않은 사람들에게도 관대하십시오.

여러분이 가진 가장 귀하고, 가장 가치 있고, 가장 강력한 힘은 눈에 보이지 않으며 만져 볼 수도 없습니다. 그 누구도 잡아낼 수 없는 것입니다. 오직 여러분만이 그것들을 줄 수 있으며, 더 많이 줄수록 그 보답은 더욱 풍성해질 것입니다.

미소를 지어 보십시오, 만나는 모든 이에게. 그러면 여러분도 웃게 되고 다른 사람의 미소도 받을 것입니다.

친절을 말해 보십시오, 한마디 한마디에 친절한 생각을 심어. 그러면 여러분도 친절한 사람이 되고 더불어 감사를 받게 될 것입니다.

상대방에게 명예, 신뢰, 그리고 찬사를 주십시오. 승리의 화관을 씌우며, 여러분도 명예로워지고 신뢰받을 것이며 찬사를 받게 될 것입니다.

가치 있는 목적에 시간을 투자하십시오, 열성적으로. 그러면 여러분도 가치 있는 사람이 될 것이고 큰 보상을 받을 것입니다.

희망을 주십시오, 성공을 위한 신비의 요소를 담아. 그러면 여러분도 희망을 가지게 될 것이며 세상은 희망으로 가득 찰 것입니다.

행복을 주십시오, 보화로 가득 찬 마음의 상태를. 그리하면 여러분도 행복을 받게 될 것이며 세상은 행복으로 가득 찰 것입니다.

격려를 주십시오, 행동에 옮길 의욕을 북돋우며. 그러면 여러분도 격려를 받을 것입니다.

갈채를 보내십시오, 쾌활하게 하는 말로써. 동시에 여러분도 갈채를 받을 것입니다.

흔쾌히 반응하십시오, 자극적인 것을 중화시키며. 곧 여러분도 즐거울 것이며 흔쾌한 반응을 얻게 될 것입니다.

좋은 생각을 하십시오, 자연의 순리를 따르며. 결국 여러분도 좋은 사람이 될 것이며, 세상도 여러분에 대하여 좋은 생각을 품을 것입니다.

관대하십시오! 그리고 베푸십시오! 그러면 여러분에게 비록 물질적인 부가 없을지라도 관대해질 수 있습니다.

여러분이 청소년 시절부터 무엇을 마음에 쌓고 준비하느냐에 따라 여러분의 미래가 결정됩니다. 여러분의 미래는 바로 나에게 주어진 오늘이라는 시간을 어떻게 보내느냐에 따라 달라집니다. 온유와 사랑 그리고 정직, 착함, 순수함, 절제를 마음속에 쌓아 두십시오. 그리고 그것들을 잘 키워 나가십시오. 그리고 21세기 진정한 리더가 되어 한국을 더 살기 좋은 나라로 만들어 주십시오.

진정한 겸손

사람이 망하려면 먼저 교만해지지만 존경을 받을 사람은 먼저 겸손
해진다.

「잠언」18 : 12

아무리 뛰어나도 교만한 사람은 별로 매력이 없습니다. 하
지만 실력이 뛰어남에도 불구하고 겸손한 사람은 왠지 친근
하고 가까이 가고 싶습니다. 그러나 뛰어나지도 않으면서 교
만하기까지 한 사람은 참 꼴불견으로 가까이 하고 싶지 않습
니다.

진정한 겸손은 무엇일까요? 단순히 "전 잘하는 것이 별로
없어요. 그냥 어쩌다 보니 운이 좋아 그렇게 되었습니다. 다
주변 분들 덕분입니다"라는 것일까요? 이는 얼핏 보면 겸손한
표현 같지만 자기 비하에 가깝습니다.

진정한 겸손은 자기 비하도 아니며, 꾸며서 보여 줄 수 있
는 것도 아닙니다. 자신의 진정한 가치를 스스로 인정하고 그
것을 정직하게 받아들일 때 비로소 빛나는 것입니다. 자기 자
존감이 있는 사람은, 비록 사람들이 보았을 때 별로 뛰어나지

않더라도, 무언가 특별한 사람이라는 인정을 받게 되는 것입니다. 그런 사람을 보면 왠지 마음이 편안해지면서 기분이 좋아집니다. 특별히 겸손하게 행동하지 않아도 '이 사람은 정말 자신을 억지로 꾸며 높이거나 낮추지 않는구나' 라고 주변 사람들은 생각하게 됩니다.

자기 자신에 대한 건강한 시각을 가진 사람만이 진정한 겸손을 가질 수 있습니다. 21세기를 이끌어 나갈 사람은 바로 이러한 진정한 겸손을 지닌 리더들입니다. 저는 이 글을 읽는 여러분이 바로 그런 리더들이 될 것을 소망합니다. 보다 높은 가치를 바라보며 사십시오. 노력하는 자에게 꿈은 반드시 이루어집니다.

| 11월 4일 |
고난

시골 한 마을에 갑자기 이리 떼들이 나타났습니다. 그런데 이리 떼의 출현에 대한 사람들의 반응은 두 가지로 나타났습니다. 하나는 이리 떼를 가축들을 위협하는 위험한 존재로 보는 것이었고, 다른 하나는 이리 떼를 농작물에 막대한 피해를 주는 들쥐를 잡아먹는 이로운 존재로 보는 것이었습니다.

이처럼 삶에서 반드시 겪게 되는 고난의 문제도 두 가지로 바라볼 수 있습니다. 고난을 겪는 당시에는 너무나 힘이 들고 괴롭습니다. 그러나 고난을 통하여 우리 마음은 더욱 인내를 배우고 겸손함과 때를 기다리는 지혜를 배우게 됩니다. 중요한 것은 고난의 문제를 어떠한 견해로 바라보느냐입니다. 인생에서 고난을 당하지 않고 살 수는 없습니다. 그런 인생은 오히려 사막처럼 삭막해집니다. 부디 고난이 여러분에게 찾아올 때 그것을 축복의 기회로 바라보는 여러분이 되기를 바랍니다. 결국 마음관리를 어떻게 하느냐에 따라 달라지는 것입니다.

오늘 하루도 그 어떤 것보다 더욱더 여러분의 소중한 마음을 지키고 가꾸는 하루가 되기를 소원합니다.

칭찬의 힘

　어느 택시 회사에 성미가 무척 까다로워 직장 전체의 분위기를 우울하게 만드는 한 수리공이 있었습니다. 그러던 어느날 인사 과장이 그 사람의 해고 문제를 사장에게 정식으로 건의했습니다. 그러나 사장은 그 사람이 얼마나 완벽하게 일을 해내고 있는지에 대해 칭찬하면서 그 일을 없었던 것으로 하자고 말했습니다. 사장의 그 이야기는 머지않아 수리공의 귀에까지 들어가게 되었습니다. 그리고 놀랍게도 그 사람은 유능하고 유머 있는 사람으로 변하게 되었습니다. 이처럼 칭찬에는 사람을 변화시키는 힘이 있습니다.

　혹시 여러분 주변에 여러분의 마음에 거슬리는 사람이 있습니까? 그래서 많이 속상하고 언젠가 반드시 갚아 주겠다고 생각하십니까? 그 사람에게 확실히 갚아 줄 수 있는 방법이 있습니다. 바로 그 사람이 가진 장점과 재능을 깊이 관찰한 후에 그 사람에 대하여 남들에게 칭찬을 해 주는 것입니다.

　꼭 기억하십시오. 여러분의 현명한 칭찬 한마디가 사람의 인생을 변화시킬 수 있다는 것을….

오늘 하루도 힘차게 시작하시길 바랍니다.

| 11월 6일 |
분노와 참음

미련한 자는 당장 분노를 터뜨리지만 슬기로운 자는 모욕을 당해
도 참는다.

「잠언」 12 : 16

모욕을 당해 본 적이 있습니까? 정말 너무 억울하고 화가
났는데 꾹 참아 본 적이 있습니까? 모욕을 제대로 당해 보면
정말 마음속에 살기가 생기게 됩니다. '정말 저 녀석 가만두
지 않겠어', '저 사람 정말 죽여 버릴꺼야' 등의 생각이 절로
듭니다. 만약 그럴 때마다 사람을 진짜 죽인다면, 우리는 적어
도 몇 명 이상은 죽였을 것입니다.

모욕도 두 가지 종류가 있습니다. 내가 모욕당할 일을 했을
때 모욕을 받는 경우와 그렇지 않음에도 불구하고 모욕을 받
는 경우입니다. 전자의 경우라면, 물론 화가 나고 살기는 띠겠
지만, 어느 정도 참을 수 있습니다. 반면 후자의 경우라면 참

기가 어려워집니다. 어떻게 해서든지 모욕을 준 사람에게 보복하고 자신의 결백을 밝히고 싶을 것이기 때문입니다.

하지만 지혜로운 사람은 일단 참습니다. 그리고 가장 적합한 때를 기다립니다. 모욕을 당했는데도 그 모욕을 참을 수 있는 것은 보통 마음관리가 되지 않으면 불가능합니다. 공부만이 실력이 아닙니다. 적합한 때를 기다릴 수 있는 마음실력, 즉 마음의 힘이 길러져야 합니다. 마음의 힘이야말로 진정한 실력인 것입니다.

21세기는 변화무쌍한 시대입니다. 온실 속에서 오냐 오냐 공부만 잘하면 된다는 식으로 교육받은 사람들은 변화를 수용하고 응전하는 진정한 리더로 서기에는 부족함이 많습니다. 저는 이 글을 보는 여러분들이 정말 뜻을 새롭게 정해 어떤 상황에도 굴하지 않는 강인한 마음의 능력들을 기르기를 소원합니다. 가을도 이제 얼마 남지 않았습니다. 하루하루 최선을 다해 후회 없이 알찬 시간을 보내기를 부탁드립니다.

| 11월 7일 |
30대의 나의 얼굴

"20대까지의 얼굴은 부모님 책임이지만, 30대부터의 얼굴은 자신의 책임입니다."

참 신기한 말 같지만 사실입니다. 매일 조금씩 아주 조금씩 얼굴은 변합니다. 내가 어떻게 살아왔느냐가 나의 얼굴에 기록되기 때문입니다. 내가 어떻게 나의 마음을 관리하고 가꾸느냐에 따라 나의 얼굴이 조금씩 변하기 시작합니다. 그리고 청소년기에는 잘 보이지 않던 변화가 조금씩 조금씩 쌓여 30대에 이르면 겉으로 드러나 남들이 확인할 정도가 됩니다.

지금 현재 아무리 잘생기고 예쁜 얼굴을 가진 사람이라도 마음관리를 소홀히 하고 겉모습만 가꾸는 데에 집중한다면, 시간이 지날수록 생기를 잃고 마네킹처럼 변합니다. 반면에 지금 현재 아무리 못생기고 예쁘지 않은 청소년일지라도 매일 꾸준히 마음관리를 한다면, 내면의 기쁨과 평안과 아름다움이 얼굴에 투영되기 시작합니다. 그런 사람은 왠지 친근감이 생기고 만나면 만날수록 더 만나고 싶어지게 됩니다. 그것이 바로 마음관리의 힘입니다.

오늘 하루도 마음을 새롭게 하여 모든 일에 감사함으로 하루를 시작하시길 부탁드립니다.

| 11월 8일 |

살신성인殺身成仁

다음은 『논어』 위령공편의 한 대목입니다.

높은 뜻을 지닌 선비와 어진 사람은 삶을 구하기 위하여 '인仁'을 저버리지 않고 스스로 몸을 죽여서 '인'을 이룬다.

제자 자공子貢이 '인'을 이루는 법에 대해 묻자, 공자께서 말씀하셨다.

"장인이 일을 잘하려면 반드시 먼저 연장을 예리하게 잘 갈아야 하듯이, '인'을 이루려면 좋은 스승과 벗을 사귀어야 한다. 따라서 어떠한 나라에 살든지 우선 현명한 대부를 섬기고, 인덕 있는 선비와 벗하라!"

대학 시절 '한국 유교'라는 수업을 들었습니다. 제가 존경하는 금장태 교수님의 수업이었습니다. 수업을 듣다가 유학에서 말하는 인의 개념에 대하여 많은 설명을 들었습니다. 기독교에서 사랑의 개념처럼 유학에서 인의 개념은 무척 중요합니다. 도대체 인이란 무엇일까? 많이 생각하고 생각해 보았습니다. 인에 대하여 많은 견해가 있지만 제가 배운 것을 정리하면 이렇습니다.

'인이란 자신을 사랑하고 이웃을 사랑하는 것이다.'

유학에 있어서 인을 이루는 것이야말로 선비의 최고 목표이자 꿈입니다. 그런데 인을 이루기 위해서는 혼자의 힘으로는 불가능합니다. 왜냐하면 인간은 모두 다 자기중심적이고 이기적인 성향을 지니고 있기에 인을 온전히 이루기가 불가능하기 때문입니다. 그런 것을 알기에 공자님은 인을 이루기 위해 좋은 스승과 벗을 사귀어야 한다고 강조한 것입니다. 인간의 모남과 날카로움과 이기성은 좋은 스승과 친구들과의 교제를 통해 다듬고 연마되어 원만함으로 변화할 수 있습니다. 그러기에 수많은 유학자들은 끊임없이 좋은 스승과 친구를 만날 것을 강조했던 것입니다. 화담 서경덕 선생님은 다음과 같이 말했습니다.

"학문을 한다면서 잡된 공부에 얽매였던 건 몽매함을 열어줄 스승을 못 만났던 탓이었다. 나는 스승이 없어 공부하는 데 지극히 힘들었지만 후인들은 내 말에 의거해 공부한다면 나처럼 힘들진 않을 것이다."

율곡 이이 선생님 또한 말했습니다.

"벗을 사귈 때는 반드시 학문을 좋아하고, 착한 행실을 좋아하며, 바르고, 엄격하고, 곧고, 진실한 사람과 사귀어야 한다. 그러한 친구와 함께 지내면서 충고하고 경계하는 말을 겸허하게 받아들여 나의 부족한 점을 고치도록 한다. 만일 게으르고, 놀기를 좋아하고, 나약하고, 아첨을 좋아하고, 올곧지 않은 사람이면 사귀지 말아야 한다."

저는 여러분에게 꼭 말씀드리고 싶습니다. 좋은 스승을 만나기 위해 열심히 찾고 또 찾으십시오. 좋은 친구를 얻기 위해 열심히 찾고 또 찾으십시오. 좋은 제자가 되기 위해 먼저 힘껏 열심히 노력하십시오. 좋은 친구가 되기 위해 먼저 힘껏 열심히 노력하십시오.

청소년 시절 꼭 해야 할 세 가지 노력이 있습니다. 탁월한 실력을 기르기 위해 준비하는 노력, 따뜻한 인격을 가지기 위한 노력, 좋은 스승과 좋은 친구를 만나기 위한 노력, 이 세 가지에 온 힘을 기울이시기를 바랍니다. 이 세 가지에 여러분이 힘을 쓰면 쓸수록 삶이 하루하루 달라지는 것을 몸소 경험하게 될 것입니다. 하루가 달라지면 미래가 달라집니다.

칭찬

너는 다른 사람이 너를 칭찬하게 할망정 네 입으로는 너를 칭찬하지 말아라.

「잠언」 27 : 2

요즘은 자기 PR 시대라고 합니다. 1분 안에 자신을 얼마나 잘 소개하고 설명하느냐가 중요한 능력으로 간주되는 시대입니다. 회사 면접에 있어서 효과적으로 자기 PR을 하는 사람에게 높은 점수를 주는 것도 사실입니다.

그런데 일상생활에서도 자기 PR이 몸에 밴 사람들이 있습니다. 굳이 물어보지 않아도 자신에 대한 칭찬을 아주 능수능란하게 말합니다. 어떻게 보면 참 용기 있어 보이기도 하지만 대부분의 사람들은 꼴불견이라고 생각합니다. 왜 그럴까요? 왜냐하면 일상의 삶은 면접이 아니기 때문입니다.

정말 지혜로운 사람은 자신의 입으로 자신의 장점을 말하지 않습니다. 대신 주변 사람들이 자신을 칭찬하게끔 행동합니다. 이 정도의 수준이 되려면 무척 많은 마음훈련을 해야 합니다. 저 역시 이 수준에는 한참 못 미칩니다. 비록 이 수준이 안 되어도 전 괜찮습니다. 그냥 제 입으로 제 칭찬만 하지 않아도 나름대로 충분하다고 생각합니다. 정말 남들에게 칭찬을 많이 받고 싶다면 먼저 상대방의 장점을 주의 깊게 살펴보고 과장하지 말고 간결하게 칭찬을 해 보시길 바랍니다. 그러면 여러분도 기분 좋은 칭찬을 곧 듣게 될 겁니다.

| 11월 10일 |
실패를 성공으로 전환하는 세 가지 방법

위대한 발명가 찰스 케터링Charles Kettering은 실패를 성공으로 전환시키는 데 필요한 다음과 같은 충고를 했습니다.

첫째, 정직하게 실패를 인정하십시오.

둘째, 실패를 이용하십시오. 절대로 실패를 낭비하지 마십시오. 실패에서 얻을 수 있는 모든 것을 배우십시오.

셋째, 실패를 '이제 더 이상 아무것도 하지 않겠노라' 고 결심하는 계기로 삼지 마십시오. 실패는 누구에게나 찾아옵니다. 실패를 반가운 손님을 맞이하듯 대우하시기 바랍니다.

이 세 가지 충고를 마음에 꼭 새기십시오. 마음에 새기고, 목에 걸고, 손에 매달고, 머리에 쓰고 다니십시오. 여러분에게 실패란 또 다른 형태의 성공입니다. 여러분에게는 큰 꿈과 희망이 있습니다. 아무리 비가 오고 바람이 불어도 구름 너머에는 언제나 태양이 환하게 빛나고 있답니다. 아직 포기하고 낙심할 때가 아닙니다. 여러분의 꿈을 바라보고 더욱 뜻을 새롭게 하여 오늘부터 새롭게 시작하십시오.

이제 본격적인 기말고사 준비를 위해 '기말고사 30일 체제'로 전환해야 할 때입니다. 자신의 학교 일정에 따라 잘 계획하셔서 시작하시길 바랍니다. 부디 어떤 종류의 실패라도 그것을 성공으로 바라볼 수 있는 지혜가 늘 여러분과 함께 하길 바랍니다.

공부의 가속도

학문하는 것은 거울을 닦는 데 비유할 수 있다. 거울은 본래 밝은 것이지만 먼지와 때가 겹겹이 끼니 약을 묻혀 갈고 닦아야 한다. 처음에는 아주 힘을 들여 긁어내고 닦아내야만 한 겹의 때를 겨우 벗겨내니 어찌 대단히 힘든 일이 아니겠는가. 그러나 계속해서 두 번 닦고 세 번 닦는다면 힘이 점점 적게 들고, 거울의 밝음도 벗겨 낸 때의 분량만큼 점점 드러날 것이다. 그러나 지극히 어려운 관문을 지나 조금 쉬운 경지에 이르는 사람은 참으로 드물다. 또 혹 쉬운 경지에 이르렀다 하더라도 더욱 노력하여 밝음이 완전히 드러나는 데까지 이르지 못하고 그만 공부를 중단하는 사람도 있으니 몹시 애석한 일이다.

이황李滉

공부를 하지 않던 사람에게 하루 3시간 스스로 공부라는 말은 도저히 할 수 없는 일을 시키는 말로 들릴 것입니다. 하지만 공부에 가속도가 붙은 사람에게 하루 3시간 공부하라는 말은 그다지 부담스러운 말로 들리지 않을 것입니다.

공부에는 여러 단계가 있습니다. 각 단계는 이전 단계의 분량이 찰 때에야 비로소 넘어갈 수 있습니다. 맨 처음 뜻을 정해 공부하는 일주일은 정말 힘듭니다. 안 하던 공부를 하느라 온몸이 쑤시고 결리고 난리가 납니다. 일주일이 지나면 조금씩 할 만해지기 시작합니다. 그러다가 한 달 정도 지나면 맨 첫 주에 비하여 나름대로 익숙해집니다.

많은 학생들이 새 학기에 뜻을 정하지만 일주일 이상 그 뜻을 유지하기가 어렵습니다. 만약 한 달 이상 뜻을 유지하며 지속적으로 공부를 할 수만 있다면 그것은 정말 대단한 일입니다.

하지만 진정한 공부의 가속도를 경험하고 싶다면 한 달 이후가 중요합니다. 한 달 이후부터 비로소 실력을 기를 수 있는 기회들이 찾아오기 때문입니다. 이제 앞으로 한 달 정도 지나면 기말고사가 있습니다. 한 달 동안 기말고사를 준비하면서 동시에 공부 습관을 새롭게 정비하실 수 있을 것입니다.

기말고사가 끝난 이후 겨울방학 기간을 통해 진정한 공부의 가속도를 경험하시기를 부탁드립니다. 겨울방학 기간에 공부의 가속도를 경험하게 되면 정말 놀라운 실력 향상이 이루어집니다.

결코 가볍게 듣고 넘기지 마십시오. 그러기 위해서는 지금부터 한 달을 정말 잘 보내셔야 합니다. 그리고 시험이 끝난 후 진정한 공부 가속도를 위해 겨울방학에 승부를 거시기 바랍니다.

| 11월 12일 |
사랑의 매

상처가 나도록 때리고 엄하게 벌하면 마음속 깊은 곳에 있는 악도
몰아내게 된다.

「잠언」 20 : 30

저는 어려서부터 보통 친구들보다 아주 많이 맞고 자랐습니다. 제가 워낙 어렸을 때부터 골목대장에 개구쟁이였기에 어머니에게 하루도 안 맞을 때가 없었습니다. 어머니에게 맞을 때에는 정말 너무 아파서 눈물이 쏘옥 나왔기 때문에 혼나기 싫어 그냥 집을 나가 버릴까 하는 충동마저 느낀 적도 있었습니다.

그런데 참 이상한 것은 맞고 나서 어머니는 꼭 피멍이 든 종아리에 약을 발라 주셨습니다. 그럴 때마다 '약 발라 주려면 차라리 때리지를 마시지' 라고 원망했습니다. 하지만 어머니의 그 모습을 볼 때면 원망하던 마음이 쑤욱 들어가 버립니다. 피멍이 든 종아리에 연고를 문질러 주면서 너무나 가슴 아파하는 모습을 잊을 수가 없기 때문입니다. 그때 저는 속으로 결심했습니다. '엄마, 앞으론 정말 더 잘할게요. 엄마 미안해요.'

여러분의 부모님이 가끔 혹은 자주 주시는 사랑의 매가 때로는 무척 아플 것입니다. 부모님도 가끔은 상황을 오해하시고 순간 화를 억제하지 못하여 혼내실 때도 있을 것입니다. 하지만 우리는 그런 부모님의 마음을 잘 살펴보아야 할 것입니다.

'내가 너를 정말 많이 사랑한다' 라는 속삭임을 놓쳐서는 안 됩니다. 아무리 세상이 변해도 부모님의 사랑의 매의 가치는 사라지지 않을 것입니다.

| 11월 13일 |
인생의 고독기

프랑스의 공학자였던 훼르디난드 마리 드레셉이 지중해를 여행하고 있었습니다. 그런데 함께 여행 중이던 동료 한 사람이 갑자기 전염병을 앓게 되어, 그들이 탄 배가 격리 조치를 당하게 되었습니다. 드레셉은 그 격리 상태로 인해 심한 좌절감과 고통을 겪었습니다.

그러던 중 그는 홍해와 지중해를 잇는 운하 건설 가능성에 대해 연구한 찰스 레페레의 『회고록』을 읽게 되었습니다. 그리고 그것이 계기가 되어 수에즈 운하 건설에 대한 세부 계획을 세우게 되었습니다. 그 일이 있은 뒤, 37년 만에 드레셉은 그 유명한 수에즈 운하를 완공하게 됩니다.

한 사람의 진정한 리더가 탄생되기 위해서는 '인생의 고독기' 즉, '준비 기간'이 필요합니다. 헬렌 켈러를 보십시오. 그녀는 자신의 장애를 극복하기 위해 수없이 많은 시련의 준비 기간을 거쳤습니다. 그리고 결국 전 세계 사람들에게 꿈과 희망을 주는 '빛의 천사'로 불리며 진정한 리더가 되었습니다.

기말고사 미리미리 준비하십시오. 더 놀고 싶고, 더 자고 싶고, 더 쉬고 싶은 마음은 누구나 가지고 있습니다. 하지만 우리에게는 더 큰 꿈과 희망이 있습니다. 그것을 위해서라면 참을 수 있어야 합니다. 여러분 모두가 준비 기간을 겸손하고 성실하고 지혜롭게 보내시기를 간절히 소원합니다. 꼭 기억하십시오. 여러분이 준비 기간을 어떻게 보내느냐에 따라 그 뒤에 펼쳐질 새로운 세계가 달라진다는 것을…. 오늘 하루도 힘내시길 바랍니다.

내면의 아름다움

하버드 대학 총장이었던 찰스 윌리엄 엘리엇은 얼굴에 커다란 점을 가지고 있었습니다. 그 점은 의술로도 제거할 수 없었습니다. 그는 그 점 때문에 많은 세월을 우울하게 보냈습니다.

어느 날 엘리엇의 어머니는 우울의 늪에 빠져 있는 아들에게 "있는 점은 없앨 수 없지만, 만약 네 마음과 영혼이 크게 자란다면 사람들은 더 이상 네 얼굴에 있는 점을 보지 않을 것이다"라고 말해 주었습니다.

이 말은 사실입니다. 우리는 가끔 치명적인 약점이 있는 얼굴을 보면서도 그 아름다움에 감탄사를 발할 때가 있습니다. 왜 그렇죠? 그것은 그 사람 안에 있는 아름다운 인격 때문입니다.

혹 여러분에게도 여러분을 우울하게 만드는 약점이 있습니까? 그렇다면 더욱더 깊은 마음관리를 통해 여러분의 인격을 성숙시켜 나가십시오. 더욱더 여러분의 내면을 아름답게 가꾸어 나가십시오. 그러면 어느새 당신의 약점은 감추어지고, 더 귀한 인격이 아름답게 드러나게 될 것입니다. 꼭 기억하십시오. 안으로부터 빛나는 아름다움을 흐리게 할 수 있는 것은 아무것도 없습니다.

날씨가 점점 추워집니다. 기말고사 준비하면서 특별히 건강에 유의하시길 바랍니다. 추운 날씨지만 따뜻한 마음을 가지고 모든 일에 감사하면서 하루를 보내시길 바랍니다.

|11월 15일|
가정을 세우는 일

어린 소녀가 설거지를 하고 있는 엄마를 바라보았다. 엄마가 그동안 다른 가사일과 함께 저 설거지도 참 많이 했겠구나 생각하며 이렇게 물었다. "엄마, 설거지하시는 것 지겹지 않으세요?" 그러자 엄마는 말했다. "아니, 나는 지금 설거지를 하고 있는 것이 아니라, 우리 가정을 세우고 있는 거란다."

자신의 가정을 아름다운 보금자리로 만들어 가는 여성, 그 안에서 자녀를 유능하고 순결한 사람으로 길러 내는 여성, 그런 여성은 하나님 다음 가는 위대한 창조자입니다.

이 다음에 여러분도 아버지, 어머니가 되실 겁니다. 어떤 부모가 될 것인지 지금부터 조금씩 결정되고 있습니다. 시험 준비로 바쁘고 마음의 여유가 줄어들지라도 마음관리 시간을 소홀히 하지 않기를 부탁드립니다. 그리고 귀한 부모님들에게 이번 달 감사의 쪽지 보내는 일도 꼭 잊지 않길 바랍니다.

| 11월 16일 |
바퀴벌레 두 마리

바퀴벌레 두 마리가 각자 다른 식당으로 여행을 떠났습니다. A바퀴벌레가 간 식당은 입맛 나게 하는 것들이 아주 많은 지저분한 식당이었습니다. 그런데 B바퀴벌레가 간 식당은 밥알 하나 발견할 수 없는 너무나 깨끗한 식당이었습니다. B바퀴벌레는 잽싸게 A바퀴벌레가 있는 식당으로 갔습니다. 그리고는 헐떡거리며 말을 했습니다.

"얘, 지금 내가 갔다 온 식당이 어떤 곳인 줄 아니? 정말 기가 막히게 깨끗한 곳이야. 파리가 미끄러질 정도라구."

그러자 맛있게 식사를 하고 있던 A바퀴벌레가 불쾌한 듯 말했습니다.

"야, 너는 내가 먹고 있을 때 꼭 그런 얘기를 해야겠니? 밥맛 없게!"

이 이야기는 우리의 내면세계에 적용해 볼 만한 가치가 있습니다. 게으름, 부정적 생각, 자포자기, 그리고 삼만이 브라더스(거만, 교만, 자만)는 여기저기 여행하면서 쉴 곳을 찾습니다. 만약 우리 내면세계의 질서가 바로잡히지 않고 지저분한 상태로 있다면 '얼씨구나' 하면서 그놈들은 우리 마음속에 짐을 다 풀고 살 집을 마련합니다. 하지만 우리 내면세계가 깨끗하고 질서가 잘 잡혀 있으면 살 만한 곳이 못 된다고 푸념하며 다른 곳으로 이동하게 됩니다.

매일매일의 마음관리 시간을 통하여 내면의 질서를 더욱 새롭게 정리하고 내면의 정원을 더욱 아름답고 깨끗하게 잘 가꾸시기를 인생의 선배로서 간곡히 부탁드립니다. 오늘도 힘내시길 바랍니다.

말하기 전에 생각하라

의로운 사람은 대답할 말을 깊이 생각하여도 악인은 악한 말을 마구 내뱉는다.

「잠언」 15 : 28

말실수를 해서 큰 낭패를 본 경험은 누구나 있을 것입니다. 그럴 때마다 '한 번만 더 생각해 봤다면 그런 일이 없었을 것을…. 나는 왜 그럴까?' 라고 후회를 하게 됩니다. 「잠언」에서는 말조심에 대하여 누누이 강조합니다. 그만큼 말로 인한 잘못들이 인생에서 큰 영향을 미치기 때문입니다.

그렇다면 말조심은 어떻게 할 수 있을까요? 말하기 전에 한 번 더 생각해 보라는 말은 많이 들으셨을 겁니다. 그런데 막상 그렇게 하려고 해도 잘되지 않는 것이 사실입니다. 순간 말이 나오는 것을 막지 못하고 말하고 나서야 바로 후회를 합니다.

어떻게 하면 말하기 전에 한 번 더 생각을 할 수 있을까요? 저는 한 번 더 생각을 해야 하면서도 못하는 경우가 많아서 대신 이렇게 합니다. 아예 말을 해 버립니다. 단, 말을 할 때는 마음속으로 스스로에게 해 봅니다. 그리고 나서 이 말이 어떨지 판단합니다. 그런 다음 실제로 상대에게 말을 합니다. 이렇게 하면 말할 때 한 번 더 생각하는 것과 어느 정도 비슷한 효과를 거둘 수 있게 됩니다.

날씨가 조금씩 더 싸늘해집니다. 날씨가 차가울수록 따뜻한 말 한마디가 따뜻한 캔커피보다 위력을 발휘합니다. 여러분 모두 따뜻한 말 한마디도 한 번 더 생각하는 작은 배려의 마음을 가지기를 바랍니다.

| 11월 18일 |
주님, 저를 용서하소서

읽을 때마다 고개가 숙여지는 이야기가 있습니다.

오늘 버스에서 한 금발의 미인을 보았다.

그녀는 너무 명랑해 보였다. 그런 그녀에게 질투를 느끼며 나도 그녀처럼 미인이었으면 하는 마음을 가졌다.

그런데 그녀가 하차하려고 자리에서 일어설 때 보니 지팡이를 짚고 있지 않은가. 그녀는 지팡이를 짚고 문 앞까지 절뚝절뚝 걸어 나갔다. 소아마비였던 것이다.

그런데 그녀가 내 옆을 지나며 예쁜 미소를 짓는 것이었다!

'오, 하나님, 제가 징징 우는 소리를 내거들랑 저를 용서해 주소서. 저는 멀쩡한 두 다리를 가지고 있습니다. 이 세상이 모두 저의 것인걸요!'

사탕을 사려고 가게에 들렀을 때의 일이다. 용모가 아주 단정한 청년이 그 가게에서 일하고 있었는데 어찌나 상냥하던지 나는 잠시 그와 이야기를 나누게 되었다. 그는 내게 "아주머니 같은 분과 이야기를 나누게 되다니 정말 기분 좋은 일이군요. 보시다시피 저는 장님입니다"라고 말하는 것이었다.

'오, 하나님, 제가 징징 우는 소리를 내거들랑 저를 용서해 주소서. 저는 앞을 볼 수 있는 두 눈을 가지고 있습니다. 온 세상이 저의 것인걸요.'

길을 멀찍이 떨어져 걸어 내려가다 보니 파란 눈빛을 한 어린아이가 있었다. 그 아이는 멀찍이 떨어져 서서 다른 아이들이 노는 것을 가만히 지켜보고 있었다. 무엇을 해야 좋을지 모르는 아이처럼. 나는 잠시 멈추어서 이렇게 물었다. "얘야, 너 왜 다른 아이들과 함께 놀지 않니?" 그 아이는 한마디 말도 없이 앞만 보고 있었다. 그때서야 나는 그 아이가 귀머거리라는 사실을 알았다.

'오, 하나님, 제가 징징 우는 소리를 내거들랑 저를 용서해 주소서. 저는 세상을 들을 수 있는 두 귀를 가지고 있습니다. 온 세상이 저의 것인걸요!

어디든지 갈 수 있는 두 다리와, 이글대는 태양빛을 볼 수 있는 두 눈과, 꼭 알아야 할 것들을 들을 수 있는 두 귀를 가진 제가 징징 우는 소리를 내거들랑 오, 하나님, 저를 용서해 주소서. 저는 정말 축복받은 자입니다. 온 세상이 저의 것인 걸요.'

우리 주변에는 우리보다 열악한 환경 속에서도 포기하지 않고 더 멋지게 살아가는 사람들이 너무나 많습니다. 우리도 더욱 분발해야겠습니다. 더욱더 뜻을 정해 노력해야겠습니다.

| 11월 19일 |
잘못을 인정하는 사람

링컨 대통령이 한번은 어떤 정치인의 비위를 맞추기 위해 여러 연대聯隊를 이동시키라는 명령을 내렸습니다. 그러나 육군성 고위 당국자인 애드윈 스탠튼은 그 명령을 수행하지 않았으며, 오히려 잘못된 명령을 내린다고 링컨을 비난했습니다. 이러한 스탠튼의 반응에 링컨은 자신의 행동을 다시 한 번 생각하게 되었고 자신의 명령이 얼마나 잘못된 명령이었는지 알게 되었습니다. 그러고는 그 명령을 철회했습니다.

우리도 종종 우리의 행동에 대해 지적을 받을 때가 있습니다. 그러나 자존심과 고집 때문에 다른 사람의 의견을 수용하지 않을 때가 많습니다. 그러나 정말 지혜로운 사람은 자신이 잘못할 가능성을 인정하는 사람입니다.

진정한 리더가 되기 위해서는 실수도 많이 해야 하고 시행착오도 무수히 겪어야 합니다. 그럴 때마다 우리는 주변 사람들의 의견을 잘 듣고 자신을 깊이 반성하도록 힘써야 합니다. 그렇지 않으면, 우리의 인생이 브레이크 없는 자동차처럼 돌진하게 됩니다. 그렇게 되면 나 자신만 파멸에 이를 뿐 아니라, 주변 사람들도 함께 파멸에 이르게 할 뿐입니다. 잘못을 인정할 줄 아는 사람, 그 사람이 진정한 리더의 재목材木인 것입니다.

오늘 하루도 마음을 가다듬어 자신에게 주어진 시간을 최선을 다해 비옥하게 가꾸시기를 간곡히 바랍니다.

| 11월 20일 |
아직도 늦지 않았다

시간을 낭비하는 가장 큰 이유는 무엇일까요? 바로 '게으름'입니다. 우리는 계획 없는 시간 사용, 준비의 부족, 장시간의 전화 사용, 미루는 버릇, 사람을 기다리는 것, 정리 정돈 무시 등으로 자신도 모르는 사이 많은 시간을 낭비합니다. 이러한 것들은 모두 게으름에서 비롯된 것입니다. 여러분 안에 있는 게으름의 요소는 무엇입니까?

게으름의 가장 무서운 힘 중의 하나는 바로 인간이 가진 꿈과 희망을 인간 스스로 버리게끔 만드는 것입니다. 게으름은 여러분을 꿈과 희망이 없는 청소년으로 변화시켜 갈 것입니다.

자, 이제 게으름의 요소들을 훌훌 털어 버리고 움직일 때가 되었습니다. 만약 아직도 기말고사 준비 체제로 전환하지 않고 시험 걱정만 하는 친구들이 있다면, 오늘 당장 시작하십시오.

오늘부터 새롭게 뜻과 계획을 세워 기말고사 준비에 임하십시오. 아직 늦지 않았습니다. 한 번 더 힘을 내십시오. 조금만 더 용기를 내십시오. 아직 역전의 기회가 있습니다. 이대로 포기해서는 안 됩니다. 다시 한 번 새롭게 시작하시길 간곡히 소원합니다.

이성 교제

다투기 좋아하는, 성미 고약한 여자와 함께 사는 것보다는 차라리 광야에서 혼자 사는 것이 더 낫다.

「잠언」 21 : 19

앞에서 이야기 했지만 요즘 청소년들의 이성 교제는 대학생들의 이성 교제와 별반 다를 바가 없습니다. 10년 전만 하더라도 도저히 생각할 수 없는 그런 일들이 지금은 중·고생들 이성 친구 사이에서 대수롭지 않게 일어나고 있습니다.

청소년 시기에 가장 높은 파괴력을 지닌 것이 몇 가지 있는데, 가장 대표적인 것이 바로 이성 교제입니다. 공부도 잘하고 멋진 이성 친구와 교제도 잘한다는 것은 매우 이상적인 일입니다. 하지만 아직 가치관이 정립되지 않은 시기에 이성 교제로 인해 깊은 상처를 받는 경우도 허다합니다. 특히 시험을 앞둔 요즘, 신경이 예민한 때인지라 이성에게 더 많이 의존하고 기대기 쉽습니다. 이런 상황에서 사소한 일로 심한 다툼이 생겨 관계가 깨지는 경우도 많습니다. 물론 시험 결과는 처참한 수준이 될 것입니다.

모든 일에는 때가 있습니다. 자신이 성숙하고 준비된 만큼 아름다운 이성 교제도 할 수 있다는 점을 항상 기억하시길 바랍니다.

| 11월 22일 |
교우 관계

성질이 과격한 사람과 성 잘 내는 사람을 사귀지 말라. 그렇지 않으면 너도 그들을 닮아 네 영혼이 덫에 걸리고 말 것이다.

「잠언」22 : 24~25

제 별명은 걸어 다니는 종합 병원입니다. 그에 맞게 저는 병원 신세를 참 많이 졌습니다. 20대 초반에 한 달이 넘도록 입원한 적이 있었습니다. 같은 병실에는 저보다 한 살 많은 형이 함께 생활했는데, 그는 운동을 하다가 허리를 다쳐 입원을 했습니다. 자신이 살고 있는 ○○구에서 제일 싸움을 잘한다는 그는, 성격이 얼마나 과격한지, 자신의 마음에 조금만 안 들어도 욕이 먼저 나간답니다. 물론 주먹도 나가는데 병원이어서 그나마 참는다고 했습니다.

저는 무척 소심하고 내성적인 성향이 많아, 과격하고 외향적인 성향의 그를 보면서 내심 부러워하며 '나도 저렇게 막 행동하면 어떨까? 좀 멋있어 보이기도 하고…' 라고 생각했습니다. 그래서인지 그와 한 달 이상 함께 생활하면서 제게 조금씩 변화가 생겼습니다. 병문안 온 친구들과 가족들에게 그 형 특유의 말투와 행동을 흉내 내어 보이기 시작했고, 좀더 과격해 보이려고 노력했습니다. 그러자 다들 제가 병원에서 이상해졌다며 몹시 걱정했습니다.

시간이 흘러 저는 퇴원을 했고, 제 언행에 그 형의 것들이 많이 담겨 있음을 보게 되었습니다. 학교에서도 마찬가지였습니다. 나름대로 조심해야지 했지만 저도 모르게 교수님 앞에서 그러한 언행이 나오는 것입니다. 순간 당황하시는 교수님 표정을 보면서 '아차!' 싶었습니다.

다음 날 새벽 마음관리 시간을 통해 참 많은 반성을 해 보았습니다. 그리고 오늘 「잠언」을 보면서 더 많이 제 자신을 돌아보게 되었습니다.

과격한 것이 남자다운 것이 아닙니다. 화를 잘 내는 것이 터프하고 멋있는 것이 아닙니다. 외면은 부드럽고 온화하면서 내면은 강한 사람이 진정으로 멋진 남자입니다. 청소년 시기는 새로운 주변 상황에 의해 많이 영향을 받습니다. 스펀지와 같이 빨리 흡수하고 빨리 적응합니다.

저는 여러분이 저와 같은 어리석은 행동은 하지 않기를 바랍니다. 여러분에게는 여러분 나름대로의 멋이 있습니다. 그 것을 꾸준한 마음관리를 통하여 더욱 잘 가꾸시기를 부탁드립니다.

|11월 23일|
겸손

여러분은 '곰' 하면 제일 먼저 무엇이 떠오르십니까? '미련하다' 라는 말이 떠오르지는 않으십니까? 실제로 곰은 무척 고집스럽고 미련합니다. 때문에 사냥꾼들은 곧잘 곰의 미련함을 이용해 사냥을 합니다.

곰은 늘 다니는 길로만 다니는데 이러한 습성을 아는 사냥꾼들은 곰이 다니는 길목에 커다란 돌멩이를 매달아 놓습니다. 그러면 곰은 어김없이 그 길로 지나가다가 커다란 돌멩이에 머리를 부딪칩니다. 그런데 그런 일을 겪고 나서도 곰은 결코 옆으로 돌아가거나 고개를 숙이고 그 길을 지나가려 하지 않습니다. 미련하고 고집 센 곰은 다시 뒤로 물러섭니다. 그런 후 먼저보다 더 거센 속도로 달려가 머리로 돌을 들이받습니다. 결국, 그러기를 몇 차례 반복하다가 곰은 죽고 맙니다.

이 이야기는 목이 곧고 마음이 딱딱하고 미련한 우리들에게 많은 것을 가르쳐 줍니다. 우리는 우리의 미련한 고집과 괜한 자존심만을 앞세워 서로에게 상처를 주기도 합니다. 하지만 그 결과 미움과 상처만이 남게 된다는 것을 알고 계십니까?

저는 여러분이 마음의 목을 뻣뻣하게 하지 않기를 부탁드립니다. 마음의 목뿐만 아니라 육체의 목도 지나치게 힘주지 않기를 부탁드립니다. 여러분이 겸손해지면 질수록 그만큼 대한민국은 살기 좋은 나라로 바뀐다는 사실을 꼭 잊지 마시길 바랍니다.

왜 시간이 부족하다고 생각할까

시간을 낭비하지 않는다면 시간은 언제나 넉넉한 것이다. 천지 또한 마찬가지이다. 한없이 넓은 것이 천지이건만, 마음의 여유를 가지지 못한 사람은 좁다고 느낄 뿐이다. 사계절은 한없이 멋있고 한가하지만 부질없이 바쁜 사람은 그 참맛을 모르고 공연히 바쁘기만 하다.

『채근담』

기말고사가 다가올수록 마음이 무척 초조해질 수 있습니다. 마음이 초조하게 되면 왠지 시간이 너무 빨리 지나가는 느낌이 듭니다. 그래서 시계를 자주 쳐다보고 한숨을 푹푹 내쉬는 때가 많아집니다.

그런데 이 모든 것은 결국 마음먹기에 달려 있습니다. 시간이 모두에게 똑같이 주어졌지만 그 시간을 어떤 마음으로 어떻게 사용하느냐에 따라 똑같은 시간이 달라질 수 있는 것이기 때문입니다. 짧다고만 탓하지 마시고 내가 현재 나도 모르게 낭비하는 시간이 없는지 먼저 살펴보십시오. 나도 모르게 낭비되는 시간을 최대한 지킬 수만 있으면 이번 기말고사에서 반드시 좋은 결과가 있으리라 저는 확신합니다.

시험으로 인하여 마음의 안정이 무너지지 않도록 특별히 주의하시길 바랍니다. 힘들게 지켜 온 마음관리가 한순간에 무너지지 않도록 늘 마음의 여유를 가지도록 하십시오. 그러기 위해서는 아무리 시간이 없다고 해도 꼭 마음관리 시간은 지켜야 할 것입니다.

날씨가 점점 추워집니다. 이제 본격적인 겨울이 시작될 것 같습니다. 건조하기 쉬운 때이니만큼 습도 조절도 꼭 챙기시고 감기도 조심하시길 바랍니다.

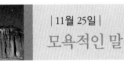

| 11월 25일 |
모욕적인 말

여러분이 살면서 가장 모욕적인 말을 들었던 것은 언제였으며, 그것은 어떤 말이었습니까? 그때의 상황만 떠올려도 몸서리치지는 않으십니까? 저 또한 그런 상황들이 많이 있었는데 지금도 생각만 하면 몸이 떨린답니다.

모욕적인 말이 무서운 것은 그것이 인격 장애를 유발하기 때문입니다. 실제로 어떤 아름다운 여인은 한참 여드름 때문에 고민하고 있던 사춘기 때 얼굴에 대한 모욕적인 말을 들음으로써 자신의 외모가 남에게 혐오감을 준다는 불건전한 자아상을 갖게 되었습니다.

우리는 종종 "너를 위해 하는 말인데…"라는 식으로 말을 꺼내면서 상대방의 마음에 깊은 상처를 주는 경우가 있습니다. 다른 사람이 무심코 한 말에 상처를 받듯이 우리들이 무심코 한 말이 다른 사람에게 상처를 주는 것입니다.

말로써 다른 사람에게 상처 준 일은 없으십니까? 아마도 많을 겁니다. 우리 모두는 연약하고 허물 많은 인간이기 때문입니다. 이 세상을 새롭게 할 수 있는 것은 서로를 비판하는 것이 아니라 서로의 장점을 칭찬해 주는 것입니다.

오늘 하루도 시험 준비로 무척 힘들고 바쁜 하루겠지만 적어도 한 사람에게는 그의 장점을 칭찬해 주는 하루가 되길 소원합니다. 오늘도 파이팅입니다.

마음훈련

한쪽 의견만을 편벽되게 받아들여 간사한 사람의 속임수에 넘어가서는 안 된다. 사람에게는 누구나 장단점이 있다. 자기의 장점만을 믿고 남의 단점을 지적하는 일처럼 야비한 행동은 없다. 자신이 어떤 일에 무능하다 하여 남의 유능함을 시기하는 일처럼 옹졸한 인간은 없다.

『채근담』

각 나라마다 그 국민의 특성이 있습니다. 다 그런 것은 아니지만 대체적인 특징이 존재합니다. '사돈이 땅을 사면 배가 아프다' 라는 한국 속담은 한국 사람들의 좋지 않은 특징 한 가지를 잘 보여 주고 있습니다. 한국 사람들은 다른 사람이 자신보다 더 잘되는 것을 좋게 봐 주지 못한다는 것입니다. 참 부끄러운 이야기입니다.

사람은 누구나 장단점을 가지고 있습니다. 내가 어떤 부분은 매우 잘하지만 어떤 부분은 서투를 수 있습니다. 내가 잘하는 부분에서는 남의 못함을 우습게 여기고 그의 서투름을 심하게 지적합니다. 내가 서투른 부분에서 남이 나보다 유능하고 잘할 경우에는 뒤에서 그 사람에 대하여 험담을 하고 없는 말을 지어냅니다. 이런 모습은 인간이면 누구나 가지고 있는 속성입니다.

하지만 이런 모습은 우리가 극복해야 할 모습입니다. 남이 가진 장점을 있는 그대로 좋게 받아들여 줄 수 있는 사람이야말로 진정한 리더의 자질을 가진 사람입니다. 자신의 장점에 대하여 너무 우쭐하지 않고 남들의 서투름을 참아 주면서 그들을 격려하는 것이 진정한 리더가 할 일입니다.

여러분은 어떻습니까? 여러분들도 억울한 험담과 시기, 질투를 받아 본 적이 있을 것입니다. 반대로 그렇게 한 적도 있을 수 있습니다. 저는 이 책을 보는 21세기의 주역인 여러분들이 마음 그릇의 폭, 깊이 그리고 넓이를 매일매일 조금씩 더 넓혀 가기를 간곡히 소원합니다. 여러분의 마음이 더 넓고 따뜻해질수록 여러분이 상대방의 장단점을 있는 그대로 인정하고 받아들이면 받아들일수록 한국이 그만큼 더 새로워지기 때문입니다.

기말고사 준비로 무척 힘든 시기입니다. 힘든 과정이지만 정직하고 성실하게 보내면 보낼수록 여러분의 마음이 더욱 견고해지리라 저는 확신합니다.

| 11월 27일 |
아홉 가지 몸가짐과 태도

다음은 제가 좋아하는 이이 선생님의 몸가짐과 태도에 대한 글입니다. 간략하지만 아주 깊은 의미가 담긴 글입니다. 기말고사 준비로 바쁘시겠지만 조용히 되새겨 보면 여러분의 마음관리에 무척 도움이 될 것입니다.

몸가짐과 마음가짐에는 아홉 가지 태도九容보다 더 중요한 것이 없고, 배움에 나아가고 지혜를 더하는 데에는 아홉 가지 생각九思보다 더 중요한 것이 없다.

이른바 아홉 가지 태도라는 것은, 걸음걸이는 무겁게 하고, 손은 공손하게 가지며, 눈은 바르게 뜨고, 말을 할 때나 음식을 먹을 때가 아니면 입은 다물고 있으며, 말소리는 조용히, 머리는 곧게, 숨소리는 정숙하게, 서 있는 모습은 의젓해야 하며, 얼굴빛은 태만한 기색 없이 위엄 있어야 한다는 것이다.

이른바 아홉 가지 생각이라는 것은, 볼 때는 편견이나 욕심이 없이 환히 볼 것을 생각하고, 들을 때는 똑똑하게 들을 것을 생각하고, 얼굴빛은 온화하여 노여운 기색이 없어야 하고, 태도는 공손할 것을 생각하고, 말은 진실될 것을 생각하고, 일할 때는 조심할 것을 생각하고, 의심날 때는 물어볼 것을 생각하고, 화가 날 때는 곤란하게 될 것을 생각하고, 이득이 생기면 의리를 생각해야 한다는 것이다.

항상 이 아홉 가지 태도와 아홉 가지 생각을 마음에 두어 그 몸가짐을 단속해야 하며, 잠시라도 몸가짐과 마음가짐을 함부로 해서는 안 된다. 또 이것을 앉은 자리 한쪽에 써 붙여 놓고 수시로 볼 일이다.

날씨는 한겨울로 무섭게 달려가고 있는 가운데 기말고사가 보름 앞으로 다가왔습니다. 올해 마지막 시험입니다. 이맘때쯤 공부에 대한 중압감과 스트레스로 몸과 마음이 무척 지치고 약해진 친구들이 많습니다. 특별히 건강 관리에 유의하시고 마무리 시험인 만큼 힘들더라도 잘 준비하시길 바랍니다. 행여 아직도 기말고사 본격 준비에 들어가지 못한 친구들이 있다면, 『다니엘학습 실천법』을 참조하여 보름간의 특별 준비 체제로 전환하길 부탁드립니다. 새롭게 뜻을 정해 오늘부터 다시 시작입니다.

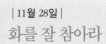

| 11월 28일 |

화를 잘 참아라

좀처럼 화를 내지 않는 사람이 지혜로운 자이다. 그러나 성미가
급한 사람은 자기의 어리석음을 나타낼 뿐이다.

「잠언」 14 : 29

친구들과 학교에서 지내다 보면 사소한 일로 다툴 때가 종
종 있습니다. 그때 상황을 가만히 생각해 보면 몇 가지 공통점
이 있는데 그 중의 한 가지가 바로 '화' 입니다. 별로 큰일이
아님에도 나도 모르는 사이에 화가 나서 싸우게 되는 것입니
다. 그러고는 '아, 그때 내가 그 말을 들었을 때 그냥 넘어갔
으면 그렇게 싸우지 않았을 텐데…' 하고 후회를 합니다.

사랑과 우정을 지키고 자라게 하는 과정에서 가장 무서운
적은 바로 성급한 분노입니다. 정말 화가 날 때 딱 한 번만, 더
도 말고 딱 한 번만 화를 참아 보십시오. 그러면 정말 관계가
깊어집니다. 또한 화를 다스릴 줄 아는 사람이야말로 21세기
진정한 리더가 될 수 있다는 것을 잊지 마시길 바랍니다. 오늘
도 힘내시길 바랍니다.

현대는 초고속의 시대입니다. 음식을 만들고 빨래하는 것
도 눈 깜작할 사이에 해결하고, 심지어는 결혼과 이혼 결정까
지도 쉽게 합니다. 사람들은 기다리는 법을 잊어버렸고 대신
조급함과 성급함에 익숙합니다. 어떤 문제가 생기면 그 문제
로부터 도피하거나 빨리 포기해 버리곤 합니다.

그러나 우리가 살면서 부딪히는 문제들은 우리의 인내를
요구하는 것들이 대부분입니다. 동서고금을 통해 그 누구도
인간의 삶이 늘 평온하고 순탄한 것이라고 말하지 않습니다.
그것이 바로 인생인 것입니다.

희랍 사람인 에픽테투스Epictetus의 어록에 "만약 당신이 무
화과를 먹고자 한다면 꽃이 피고 열매를 맺고 그 열매가 익을
때까지 기다리는 인내가 있어야 한다"라는 말이 있습니다. 지
금이야말로 인내의 중요성을 깊이 깨달아 실천할 때입니다.

이제 얼마 있으면 기말고사를 보게 됩니다. 늘 시험이 다가
오면 마음이 불안해져서 제대로 집중할 수 없다는 친구들이
있습니다. 공부해야 되는 것은 아는데 공부는 잘 안 되고 걱정
만 계속하게 됩니다. 남보다 더 잘하고 싶은데 마음만 있을 뿐

공부는 하지 않고 계속 걱정과 근심 속에서 사는 친구들이 있습니다. 인간은 연약한 존재이기에 그럴 수 있습니다. 저도 그런 적이 많습니다. 그런데 문제는 그러면 그럴수록 문제는 해결되지 않고 더 깊은 좌절과 걱정 속으로 들어간다는 것입니다. 불안은 더 커져 공포로 다가옵니다. 나중에는 마음 자체가 깨어지는 경우도 생깁니다. 정말 최악의 상황인 것입니다.

조금만
아주 조금만
아주 아주 조금만
아주 아주 아주 조금만
더 힘내세요.
더 참으세요.
더 견디세요.

지금 내가 할 수 있는 최선이라는 것이 보잘것없는 것 같아 보여도 그것을 할 때 마음을 살릴 수 있고 불안과 초조에서 벗어날 수 있다는 것을 잊지 마십시오. 아직도 여전히 역전의 기회는 있습니다. 오늘부터 새롭게 뜻과 계획을 세워 지금부터라도 시작하시길 바랍니다.

마음의 근심

마음의 즐거움은 좋은 약이 되어도 마음의 근심은 뼈를 마르게 한다.

「잠언」 17 : 22

작년에 성적에 대한 중압감을 이기지 못해 스스로 목숨을 끊은 학생이 276명이라고 합니다. 더욱 놀라운 것은 그 수의 10배인 2,760명이 실제로 자살을 시도했고, 그중 10분의 1인 276명이 자살에 성공했다는 것입니다. 현재 고3의 4분의 1이 우울증에 걸려 있다고 합니다.

'내가 원하는 대학에 못 가면 어떡하지? 이번 시험에도 성적이 떨어지면 어떡하지? 시험공부 제대로 못 했는데 어떻하지?' 등 마음의 근심으로 인해 수많은 청소년들의 얼굴빛이 어두워져 갑니다. 웃고 싶은데 웃음이 나오지 않고 재미있는 내용을 들어도 별로 즐겁지 않습니다.

여러분은 현재 어떤 상태입니까? 마음이 많이 힘든 상태인가요? 정말 너무 힘들어 그냥 죽었으면 하는 생각인가요? 악순환이 계속 반복되고 있나요? 그 고리를 끊어 버리고 싶은데 끊을 힘도 없고 엄두도 나지 않으시나요? 심한 걱정과 근심으로 뼈가 말라 가는 느낌이 드시나요? 그럴 때는 잠시 공부하는 것을 접어 두십시오. 숨 고르기가 필요한 때가 된 것입니다. 깊은 명상과 기도를 통해 나를 근심시키고 불안하게 하는 마음과 정면 승부를 해야 할 때입니다.

『다니엘학습 실천법』에 나온 대로 정면 돌파를 시작하시기길 바랍니다. 일주일간 특별 마음관리 시간을 통해 새롭게 뜻을 정하고 근심의 수렁에서 빠져나와 다시 시작하기를 간곡히 부탁드립니다.

걱정하는 습관 대신 상황을 긍정적으로 바라보는 습관을 기르기 바랍니다

12 월의 이야기

매서운 폭풍우와 차가운 폭설은 상수리나무를 좀더 깊이 땅속에 뿌리내리게 합니다. 외부의 시련과 시험은 오히려 흔들리기 쉬운 마음을 가다듬게 하여 여러분의 꿈과 희망을 더욱 확실하게 하는 양분이라는 것을 꼭 기억하십시오.

혀는 사람을 죽이기도 하고 살리기도 한다. 혀를 놀리기 좋아하는
사람은 반드시 그 대가를 받는다.

「잠언」 18 : 21

얼마 전에 일본의 한 학생이 마음에 들지 않는 여학생의
홈페이지에 입에 담을 수 없는 욕설과 비방의 글을 올렸다고
합니다. 그 여학생은 다음 날 수업 시간 중에 글을 쓴 학생을
찔러 죽였다고 합니다.

말에는 큰 힘이 있습니다. 세 치 혀로 말을 내뱉기는 쉽지
만 결코 주워 담을 수 없기 때문에 한 번 더 생각하는 습관을
들여야 합니다. 내가 한 말이 사람을 살릴 수도 있고 죽일 수
도 있습니다. 별 의미 없이 내뱉은 한마디가 친구의 마음에 잊
혀지지 않는 상처를 줄 수도 있습니다. 그 반대도 있습니다.

제가 희망 공부방 학생들에게 가장 자주 하는 말은 "아직
늦지 않았어. 아직 포기할 때가 아니야. 역전의 기회는 있단
다." 이 세 마디는 제가 가장 힘든 시절, 어떤 책에서 우연히
읽은 것입니다. 누군가에게 이런 말을 직접 들었으면 고마웠

겠지만 저는 그럴 상황도 못 되었습니다. 그때 이 글을 보면서 눈물도 참 많이 흘리고 위로도 받았습니다. 그리고 스스로에게 '그래 아직 늦지 않았어. 다시 해 보자. 다시 뜻을 정해 해 보자.'라고 다짐했습니다.

저는 귀한 후배들의 입에 이 세 마디의 말이 떠나지 않기를 바랍니다. 힘든 친구를 한번 격려해 보십시오. 놀라운 일이 생깁니다. 친구에게도 큰 힘이 되겠지만 무엇보다 그 말을 한 본인의 마음에 말로 형언할 수 없는 따스함이 느껴질 것입니다. 기말고사 준비로 정신 없고 초조해하는 친구에게 내 마음을 전해 주세요. "사랑하는 친구야. 힘내. 아직 포기할 때가 아니니까 좀더 힘내자."라고요.

저는 여러분이 마음이 따뜻한 리더로 자라기를 소원합니다. 그것을 돕는 일이 저의 꿈이랍니다. 올해도 한 달밖에 남지 않았습니다. 마지막 달의 첫날입니다. 모두들 더욱 뜻을 정해 마무리 잘하십시오.

다른 사람을 생각하는 삶에 대한 격언

삶에 있어 가장 중요한 질문은, "다른 사람을 위해 무엇을 하고 있습니까?" 라는 질문이다.

마틴 루터 킹Martin Luther King Jr

나만을 위해 살기도 벅찬 시대에 무슨 뚱딴지 같은 말인가 라고 생각합니까? 내가 성공하기 위해서는 나의 친구도, 형제도 비정하게 버리는 시대에서 다른 사람을 위해 무엇을 하고 있냐는 질문만큼 어리석은 질문도 없어 보입니다.

그런데 생각해 보면 인간의 행복은 과연 어디 있을까요? 인간이 행복해지려면 과연 무엇이 필요할까요? 인간은 혼자 살수 있는 존재가 아닙니다. 남을 사랑하며 믿고 살 때 가장 인간답고 행복하게 살 수 있답니다.

이런 삶은 돈이 많다든가 학벌이 좋아야만 살 수 있는 삶이 아닙니다. 마음의 문제이며 자세입니다. 아무리 부유해도 내 마음에 만족이 없다면 불행한 것입니다. 재물을 남보다 많이 쌓아 놓았는데도 마음에는 거지가 앉아 있는 사람도 있습니다. 그러나 재물은 비록 남보다 많지 않지만 주어진 것에 감사할 줄 알고 베풀 줄 아는 마음 씀씀이를 가진 사람의 삶은 행복합니다.

내 주변에 있는 어려운 친구들에게 좀더 관심을 가져 주세요. 올해가 가기 전에 힘들고 지친 친구에게 따뜻한 이웃이 되어 주세요. 내가 먼저 선한 이웃이 되려 할수록 내 삶이 풍요롭고 행복해지는 놀라운 경험을 할 것입니다. 참 이상하죠? 내 것을 나누어 주면 내 소유가 줄어든 것인데 오히려 마음은 더 배부르고 즐거워지니 말입니다.

기말고사 준비로 무척 힘들죠? 사랑하는 후배들에게 저도 좋은 이웃이 되고 싶네요. 항상 힘내세요. 지금 겪는 힘겨운 과정이 여러분이 진정한 리더가 되기 위해 거쳐야 할 하나의 징검다리라고 생각하세요. 과정은 힘들어도 꼭 그만한 대가로 여러분에게 보답할 것입니다.

용기

1917년 크리스마스 몇 주 전이었습니다. 그러나 유럽의 눈 덮인 아름다운 전경은 제1차 세계 대전으로 얼룩져 있었지요. 그때 한쪽 참호에는 독일군이, 또 다른 참호에는 미군이 있었습니다.

교전은 극심하였고, 양측은 좁고 긴 무인 지대로 나뉘어져 있었지요. 그러던 중 한 젊은 독일 병사가 이 선을 넘으려다, 철조망에 엉켜 그만 탄환에 맞고 말았습니다. 그는 고통으로 울부짖으며 계속 흐느꼈습니다. 귀청을 울리는 포격 속에서도 그 부근에 있던 미군들은 하나같이 그의 울부짖음을 들을 수 있었습니다. 그래서 참다 못한 한 미군이 참호를 빠져나와 그 독일군을 데리러 포복해 갔지요.

미군은 그 모습을 보고 사격을 중지하였으나 독일군은 계속해서 총알을 퍼부어 댔습니다. 그러던 중 독일 장교가 이 광경을 목격하고 병사들에게 사격을 중지시켰습니다. 갑자기 어색한 침묵이 전선을 휘감았습니다. 그 미군 병사는 울부짖는 독일 병사에게 가서 철조망을 풀고 독일군 참호로 인도해 주었습니다.

그렇게 하고 자신은 다시 미군이 있는 쪽으로 걸음을 옮겼지요. 그 때 미군 병사의 어깨에 누군가가 손을 올렸습니다. 그 손의 임자는 바로 철십자 훈장을 달고 있는 독일 장교였지요. 그 장교는 자신의 훈장을 떼어 미군 병사의 어깨에 걸어주었답니다. 그리고 또다시 무자비한 전쟁은 시작되었지요.

용기는 여러 가지 모습을 지니고 있습니다. 용기는 행동을 통해서 보여질 때라야 비로소 그 가치를 깨달을 수 있는 거지요. 저는 그 미군 병사 그리고 독일군 장교 모두 진정한 리더라고 생각합니다. 정말 멋진 사람들입니다. 진정한 리더는 행동하는 용기를 가지고 있습니다. 그리고 옳다고 생각하는 일에 최선을 다합니다.

이제 곧 기말고사입니다. 완벽을 꿈꾸지 말고 최선을 다하십시오. 최선이 완벽보다 더 낫다고 생각합니다.

생각없는 공부는 고득점 기계일 뿐이다

지금 사람들은 종일 글을 외우고 읽어 글에서 눈이 떨어지지 않으며, 이로써 스스로 만족해한다. 그러나 생각이 들떠 있어 입으로만 읽고 마음으로 읽지 않으니, 작자의 본뜻과 비교해 볼 때 비단 열 겹의 간격이 있는 것만이 아니다. 그러므로 어찌 도에서 더욱 멀어지지 않겠는가. 이는 천하의 재주 있는 사람들을 망치는 일이다.

홍대용洪大容

제가 너무나 좋아하는 글입니다. 자신을 반성할 때 생각해 보는 글입니다. 암기 위주의 공부, 생각없이 끊임없이 반복하여 외우고 또 외우기, 문제를 보면 답이 나올 정도로 기계적으로 공부해야 명문 대학을 갈 수 있다는 믿음이 팽배합니다. 다양한 개성과 재능을 가진 학생들이 획일적 교육으로 인해 병들고 있습니다. 얼마나 기계적으로 잘 외우느냐에 따라 대학이 결정되는 현실. 잘 외워서 대학만 들어가면 끝인 것처럼 그때부터는 쾌락만 좇는 학생들.

무조건 외우는 공부 방법만큼 다양한 개성과 재능을 가진 청소년들을 망치게 하는 것도 없다고 봅니다. 갈수록 한국 학생들의 교육 경쟁력이 떨어지는 이유도 여기에 있습니다. 외우는 교육이 무조건 나쁘다는 것은 아닙니다. 그러나 생각할 시간조차 주지 않고 외워야 하는 공부 방법은 좋지 않습니다.

사랑하는 후배들, 한창 기말고사 준비로 힘들 것입니다. 그런 여러분에게 좀 어려운 부탁을 드리려 합니다. 자신의 재능과 가능성을 기계적 암기 위주의 공부 방식으로 죽이지 마십시오. 생각을 하면서 공부하십시오. 단순 암기에서 벗어나 머리가 아프고 시간이 걸리더라도 왜 그렇게 되는지 이유를 생각하며 공부하기 바랍니다. 여러분의 지적이고 창조적인 사고가 얼마나 살아 있느냐에 따라 대한민국의 미래도 달라집니다. 꼭 실천해 주십시오. 날씨가 무척 추워졌습니다. 감기 조심하십시오.

| 12월 5일 |
훌륭한 시간 관리

사랑하는 귀한 후배들, 이제 곧 기말고사가 시작됩니다. 시험이 다가올수록 시간은 더욱 빠르게 지나가는 것 같죠? 그럴수록 지혜롭게 시간을 관리해야 합니다. 시간은 잘 관리하지 않으면 나도 모르는 사이에 사라집니다. 시간은 물처럼 손에 쥘 수 없답니다. 행여 그동안 시간을 낭비하여 기말고사 준비에 충실하지 못한 친구들이 있다면 오늘부터라도 시간을 지혜롭게 보내길 부탁드립니다.

지혜로운 시간 관리란 오늘 나에게 주어진 이 순간에 집중하여 최선을 다하는 것입니다. 여러분이 지금부터 시간을 지혜롭게 관리할 수만 있어도 낭비한 시간을 만회하고, 남겨진 시간을 잘 활용할 수 있습니다. 아직 포기할 때가 아닙니다. 얼마든지 새롭게 시작할 수 있답니다.

오늘은 다시 뜻을 정해 시작하는 후배들에게 훌륭한 시간 관리에서 얻는 유익한 점 여섯 가지를 일러 주려고 합니다. 이것을 참고해서 새롭게 마음을 다잡고 결단하길 부탁드립니다.

첫째, 목표에 전념할 수 있게 한다.
둘째, 생산성 없는 활동은 하지 않게 한다.
셋째, 지나치게 많은 일에 간섭하지 않게 한다.
넷째, 목표나 우선순위와 관계 없는 일을 하지 않게 한다.
다섯째, 생활에 여유를 준다.
여섯째, 당신이 할 도리를 잘할 수 있게 한다.

모두들 오늘도 힘내세요.

시련은 우리를 온전하게 만든다

찰스 코우만 여사는 애벌레가 나방이 되는 것을 1년 동안 관찰한 뒤 다음과 같은 얘기를 했습니다.

"맨 처음 번데기에서 나방이 나오는 것을 관찰하게 되었을 때, 저는 작은 구멍으로 안간힘을 쓰면서 나오려고 하는 나방이 불쌍해서 가위로 구멍을 넓혀 주었습니다. 그런데 큰 구멍으로 쉽게 빠져나온 나방은 방구석을 기어다닐 뿐 가엾게도 날지는 못했습니다. 너무 일찍, 그리고 너무 쉽게 번데기에서 나온 탓이었습니다."

사람들은 시련이 없는 삶을 동경하며, 시련이 없는 삶이야말로 축복받은 삶이라고 생각합니다. 그러나 시련이 없다면 우리는 온전한 인격을 갖출 수 없습니다. 좋은 결실을 얻으려면 시련과 고난은 빛과 소금인 것 같습니다. 그것이 하늘의 섭리라고 생각합니다. 가을에 탐스럽게 영그는 과실은 여름의 장마와 태풍을 견딘 것이고 여러 위인들 역시 순탄한 삶을 살지 않았습니다.

사랑하는 귀한 후배들, 기말고사 준비로 힘들고 지쳐 가는 시기입니다. 하지만 이 과정을 극복해야 더욱 성숙한 인격으로 태어날 수 있습니다. 인내심과 성실함을 배우는 것입니다. 공부는 남을 위해서가, 누가 시켜서가 아니라 나를 위해 한다고 생각하면 즐거운 마음으로 할 수 있답니다.

오늘 마음관리 시간을 통해 한번 떠올려 보십시오. 여러분이 경험했던 시련들에서 어떠한 열매가 맺었는가 말입니다. 매서운 폭풍우와 차가운 폭설이 상수리나무를 좀더 깊이 땅속에 뿌리내리게 하듯 외부의 시련과 시험은 오히려 흔들리기 쉬운 마음을 가다듬게 하여 여러분의 꿈과 희망을 더욱 확실하게 하는 양분이라는 것을 꼭 기억하십시오.

| 12월 7일 |
슬픔이 찾아올 때

찰스 셀이라는 사람은 "슬픔이란 단순한 서러움이 아니라 상실, 즉 잃어버림에 대한 우리들의 반응이다"라고 정의를 내렸습니다. 우리는 살면서 여러 차례 슬픔을 겪습니다. 슬픔은 누구에게나 찾아옵니다. 그러므로 문제는 슬픔을 어떻게 이겨 내느냐 하는 것입니다. 어떤 이들은 슬픔을 이겨 내지 못해 자살을 하거나 폐인이 됩니다. 또 어떤 이들은 슬픔을 딛고 일어나 이전보다 더 활기찬 삶을 살아갑니다. 사랑하는 귀한 후배들의 삶은 당연히 후자여야 합니다. 슬픔은 우리 혼자만 당하는 것이 아니니까요. 누구나 다 그렇습니다.

어릴 적 자주 보던 만화 '캔디'가 생각납니다. 주인공 캔디는 아무리 슬퍼도 눈물을 흘리는 대신 "푸른 하늘 바라보며 노래하자"라고 했습니다. 사방이 막혀 있고 모든 일이 뜻대로 되지 않을 때는 기억하십시오. 푸른 하늘은 열려 있습니다. 하늘을 한번 바라보십시오. 여러분의 푸른 꿈과 희망을 한번 떠올려 보십시오. 그리고 뜻을 정해 열심히 사십시오. 아직 포기할 때가 아닙니다. 힘겹다고 그만둘 때가 아닙니다. 조금만 참고, 또 참고 힘내세요.

시험 마무리 잘하길 부탁드립니다. 추운 겨울 건강 유의하고요.

새벽닭이 울면 잠자리에서 일어나 눈을 감고 앉아, 어제 읽은 글
을 생각하며 가만히 그 이치를 다시 궁구해 본다.

박지원朴趾源

보면 볼수록 깊이 동감하게 됩니다. 이렇게 공부하면 사고
도 깊이 하면서 공부도 제대로 할 수 있을 것 같습니다. 새벽
공부의 위력은 대단합니다. 자고 나서 머리가 맑을 때 하는 공
부야말로 최고의 공부 방법이라 해도 과언이 아닙니다. 동서
고금의 석학들이 강조하는 새벽 공부 방법을 몸에 익힌다는
것은 가장 소중한 인생의 보물들 중의 하나를 얻는 것과 같습
니다. 청소년기부터 이것을 몸에 익힐 수만 있다면 그 학생은
더 이상 공부에 몸살을 앓지 않을 것입니다.

진정한 리더가 되기 위해서는 부지런해야 합니다. 일찍 자
고 일찍 일어나는 것은 자연의 법칙이자 인간의 생체 리듬과
부합합니다. 많은 청소년들이 늦게 자고 늦게 일어납니다. 그
렇게 된 가장 큰 이유들은 21세기 문명의 이기들 때문이겠죠.
인터넷, 텔레비전, 전화, 컴퓨터 오락, 비디오 게임, DVD 등

다양합니다.

저는 여러분이 공부만 하는 것을 원하지 않습니다. 지혜롭게 공부하고 멋지게 노십시오. 노는 것도 공부만큼 필요합니다. 하지만 때를 분별하여 그 시간에 집중하십시오.

곧 기말고사가 시작됩니다. 지혜롭게 공부에 집중해야 할 시간입니다. 오늘부터 당장 새벽에 일어나서 공부하면 오히려 습관이 들지 않아서 역효과가 날 수 있습니다. 대신 이번 기말고사가 끝난 다음 새벽 공부 습관을 들이기 바랍니다. 올해 마지막 시험인데 조급해하지 말고 정직하게 치르십시오. 내가 공부한 만큼만 실수하지 않고 최선을 다하겠다는 마음으로 임하길 부탁드립니다.

언제나 최고가 아니라 최선입니다, 여러분.

지식 없는 열심의 한계

지식 없는 열심은 좋지 못하고 성급한 사람은 잘못이 많다.

「잠언」 19 : 2

'어쩌면 좋지. 내일부터 시험이 시작되는데 공부도 별로 하지 않고…. 이번 시험도 망치면 정말 안 되는데 왜 내가 공부를 안 했지. 정말 어떡하지. 내일 확 전쟁이나 났으면…. 도망가고 싶다.'

제가 중·고등학교 시절 시험 공부를 등한히 했을 때 어김없이 머릿속으로 파고든 생각입니다. 이럴 때 여러분은 '그래 다른 방법은 없다. 기말고사 기간 내내 밤샘 당일치기다. 시험이 끝날 때까지 나에게 잠이란 단어는 없다' 라고 하며 이것으로 역전의 기회를 삼으려 하나요? 저도 그랬답니다. 그런데 밤샘 당일치기를 하면 항상 후회를 하게 됩니다. 밤을 새운다는 명목으로 졸음을 억지로 참으며 비몽사몽 공부를 하고 나면 그날 시험을 망치는 경우가 많았기 때문입니다. 몽롱한 머리로 시험 문제에 잘 집중할 수 없게 되는 것이지요.

어떻게 해서든지 성적을 올려야 한다는 중압감 때문에 성급해져서 결국 실패할 것을 알면서도 밤샘 당일치기의 유혹에서 벗어나기가 어렵습니다.

여러분, 기말고사 준비가 마음만큼 잘되지 못했나요? 최고의 성적을 받고 싶은가요? 그렇다면 먼저 조급함과 성급함에서 벗어나십시오. 정직하게 자신이 공부할 수 있는 시간만큼 공부하고 대신 시험 시간에 최선을 다한다는 마음으로 임하십시오. 설사 시험을 망치더라도 그냥 받아들이십시오. 그리고 다음 시험에서는 두 번 다시 이런 불쾌한 기분으로 시험 보지 않겠다고 굳은 결심을 하십시오.

공부는 장거리 경주입니다. 시험을 망치고 나면 그 다음부터는 달라진 여러분의 모습을 보게 될 것입니다. 모두들 힘내세요. 그리고 밤샘 당일치기의 유혹에서 모두들 탈출하세요.

나쁜 습관 고치기 1

늘 햇빛만을 보며 살 수는 없습니다. 때로는 비도 오고 눈도 오며 어느 날은 먹구름이 끼기도 합니다. 그러나 비가 와야 무지개를 볼 수 있고, 구름이 끼어야만 단비가 내립니다. 우리는 살면서 여러 번 위기 상황을 만납니다. 그러나 위기는 어떻게 대처하느냐에 따라 기회가 될 수 있습니다. 위기를 맞게 되면 걱정부터 하지 마십시오. 걱정은 습관이며, 그 92%는 불필요한 걱정이라고 합니다.

기말고사 보느라 몸도 마음도 힘들 겁니다. 결과에 대한 걱정으로 공부 그 자체에 집중하기가 어려울 수도 있습니다. 눈은 책을 보면서도 머리로는 '이번 내신 성적 나쁘면 안 되는데. 이번 시험 망치면 어떡하지. 시험 볼 때 생각이 잘 나야 할텐데' 라는 생각을 반복하고 있지 않나요? 하지만 생각해 보십시오. 그런 걱정을 하면서 공부 내용이 제대로 머리에 들어오겠습니까? 그런 걱정이 우리에게 무슨 도움이 되겠습니까?

여러분이 지금 하고 있는 근심의 대부분은 해 봤자 아무런 도움도 되지 않는 것들입니다. 그런데도 우리는 걱정을 합니다. 기억하십시오. 걱정하는 것 자체가 하나의 습관이라는 것을. 나쁜 습관은 고쳐야 합니다. 불필요하게 걱정하는 습관을 고쳐야 할 때입니다. 이번 기말고사를 통해 잘못된 습관을 바로 잡으세요. 그리고 쓸데없이 걱정하는 습관 대신 상황을 긍정적으로 바라보는 좋은 습관을 기르기 부탁드립니다. 오늘 하루도 정직하게 주어진 상황 속에서 최선을 다하기 바랄게요.

| 12월 11일 |
나쁜 습관 고치기 2

사연을 들어 보지도 않고 대답하면 어리석은 사람으로 무시당한다.

「잠언」 18 : 19

저는 소심하고 예민할 뿐만 아니라 성격마저 급하답니다. 한마디로 안 좋은 성격의 베스트 컬렉션이랄까! 급한 성격 때문에 가끔 손해를 본답니다.

저는 위에 있는 「잠언」의 말씀을 아주 좋아합니다. 바로 저를 두고 하는 말 같기 때문입니다. '좀더 참고, 사연을 들어 보자. 들어 보자.' 마음은 먹는데 뜻대로 잘되지 않습니다. 그래서 실수를 한 다음 나중에 꼭 "미안해. 잘못했어. 앞으론 안 그렇게" 이런 말을 반복합니다.

다른 나라보다 한국 사람의 성격이 대개 급하답니다. 외국인들에게 한국 사람들의 인상은 '빨리빨리'로 남는다고 합니다. '한강의 기적'이란 우리 나라의 경제적 급성장을 가리키는 말인데 이렇게 무엇이든 빨리빨리하고 보자는 사고 때문에 생긴 문제들이 많습니다. 빠른 경제 성장은 우리 나라 사람들이 그만큼 성실하고 부지런하게 일해서 얻은 결과이기도 하지만 반면 노동자의 인권이나 환경 오염, 빈부 격차 같은 문제들을 제대로 고려하지 못하고 앞만 보고 내달린 것입니다. 문제는 빨리 서두르다 보면 항상 빈틈이 생긴다는 점입니다.

천천히 하면 여러 면에서 고려할 수 있고 모두에게 충분히 좋은 결과를 가져올 수 있습니다. 사소한 일은 그런 대로 넘어갈 수 있겠지만 이러한 버릇을 고치지 않으면 이 빈틈은 점점 커지게 됩니다. 그래서 어른이 되고서도 같은 실수를 반복하게 됩니다. 청소년 시절부터 그런 습관이 나도 모르게 나의 일부로 자리 잡게 되었기 때문이랍니다.

저는 사랑하는 후배들이 저와 같은 실수를 반복하지 않기 바랍니다. 청소년기부터 급한 성격을 고치는 훈련이 필요합니다. 상대방의 이야기를 충분히 듣고 딱 한 번만이라도 더 생각한 후에 말할 수 있다면 그 친구는 최고의 마음관리를 하고 있다고 생각해도 좋을 것입니다.

이제 올해도 얼마 남지 않았습니다. 해를 넘기기 전에 나쁜 습관들은 훌훌 버리고 새해를 맞이하도록 미리 뜻을 정해 준비하기 바랍니다. 오늘 하루도 기말고사 정직하게 최선을 다해 보길 부탁드립니다. 정직하게 최선만 다하면 그것으로 족합니다.

|12월 12일 |
악인과 거짓말쟁이

악인은 악한 말을 잘 듣고 거짓말쟁이는 거짓말에 귀를 기울인다.

「잠언」17 : 4

송명희 씨라는 장애 시인이 있습니다. 온몸이 소아마비로 뒤틀려져 있음에도 그분은 천사의 미소를 지니고 있습니다. 그 마음속에는 엄청난 사랑과 열정이 있습니다. 저는 그분의 시를 보면서 참 많은 것을 생각합니다. 몸이 불편한데도 어떻게 이런 시를 쓸 수 있을까? 저런 상황 속에서 어떻게 세상을 이렇게 공평한 것으로 바라볼 수 있는 것인가 참 놀랍습니다.

현대 사회는 빠르게 변하고 있습니다. 조금은 악랄하고 수단 방법 안 가려야 성공한다고 합니다. 남을 밟고 이겨야 치열한 입시 지옥에서 성공할 수 있다고 말합니다. 내신 성적을 위해 "친구가 어디 있어. 다 나의 경쟁자일 뿐이야" 하며 독하게 정신 무장을 해야 무한 입시 경쟁에서 승리할 수 있다고 합니다.

이런 소리가 여러분 귀에 들리면 잠시 귀를 막으십시오. 이런 소리가 여러분의 마음을 유혹한다면 잠시 그 자리에서 떠나십시오. 이것은 결코 진실이 아닙니다. 목적을 이루기 위해서는 어떤 수단도 용납된다는 것은 정당할 수 없습니다. 정직하게 살아도 성공할 수 있습니다. 저는 그런 사람들을 많이 봤습니다. 목적을 이루기 위해 자신의 양심을 팔거나 남을 밟고 일어서면 그 성공이 무슨 의미가 있을까요?

친구들은 입시 지옥에서 내가 쓰러뜨려야 할 적이 아닙니다. 이런 목소리에 절대 귀 기울이지 마세요. 진리의 소리에 귀 기울이세요. 진리만이 여러분을 진정으로 자유롭게 할 것입니다.

베풂의 온정

부유한 어떤 이웃이 자신이 경험했던 가장 즐거운 크리스마스에 대하여 이렇게 이야기 했답니다.

"어느 크리스마스 이브에, 나는 사무실 문을 잠그고 집으로 향했습니다. 그해 크리스마스는 왠지 나와 전혀 상관없는 듯한 기분이었지요. 몸서리치게 추웠던 그날, 빌딩을 나서며 여느 때처럼 신문의 주요 기사를 큰 소리로 외치면서 신문을 파는 아이를 보게 되었습니다. 무심결에 코트에 손을 막 집어넣으려는 순간, 그 아이는 코트조차 없다는 걸 깨닫게 되었지요. 아이가 입고 있는 거라곤 더러운 재킷뿐이었는데 그나마 너무 커서 아이의 작은 어깨에는 맞지가 않았고, 천은 너무 얇아서 차가운 겨울 바람이 사정없이 살을 후비고 들어와 아이는 떨고 있었습니다. 그래서 난 충동적으로 아이를 데리고 가까운 백화점에 가서 털을 두른 가죽 코트 한 벌을 사 주었지요. 그러자 아이는 좋아서 어쩔 줄 몰라 함박웃음을 지으며 눈을 반짝이고 있었습니다. 그 모습을 보자 내 마음도 흐뭇해져서 나는 아이에게 자전거를 가져 본 적이 있냐고 물었습니다. 자전거를 가져 본 적이 없다는 아이를 자전거 코너로 데리고 가 마음에 드는 걸로 하나 고르게 했지요. 아이는 너무 기쁜 나머지 어떤 걸 골라야 할지 결정을 내리지 못했습니다. 그러다가 마침내 제일 멋진 걸로 결정을 내렸지요. 아이는 내가 값을 치르는 걸 보자 뛸 듯이 좋아하며 이렇게 외쳤습니다.

"제가 가장 갖고 싶었던 거예요! 정말 제가 갖고 싶었던 거라구요!"

아이는 신문 파는 것을 까맣게 잊은 채 크리스마스를 축하하고 있는 군중 속으로 자전거를 몰고 달려가며 어깨 너머로 외쳤습니다. "고맙습니다! 정말 고맙습니다! 정말, 정말 고맙습니다, 선생님!"

소년의 얼굴에 가득한 미소가 바로 크리스마스의 진정한 의미였습니다. 그 아이의 좋아하는 모습을 보니 내 마음도 무척 흡족했습니다. 이번 크리스마스가 소년에게 생애 최대의 크리스마스가 되길 빕니다. 또한 나에게도 최고의 크리스마스이고 말고요."

나는 그 소년의 이름을 물었습니다. 그러자 겸손한 변호사는 대답했지요.

"생각해 보시오. 내가 아이의 이름을 묻기나 했겠소?"

이런 이야기는 확실히 마음을 훈훈하게 합니다. 여러분이 그냥 제자리에 앉아서 행복해지려고 애쓴다면, 그건 여간 어려운 일이 아닐 수 없습니다. 그러나 순수한 마음으로 누군가에게 먼저 사랑을 베풀면 행복은 어느 날 여러분을 찾아올 것입니다. 소년은 선물을 받아서 행복했습니다. 그러나 변호사는 기뻐하는 소년으로 인해 더 큰 행복을 얻게 되었지요.

기말고사 보느라 많이 힘들죠? 탁월한 실력을 기르는 과정은 힘이 듭니다. 하지만 그만큼 값진 훈련입니다. 힘들어도 꾹 참고 건너야 할 터널입니다. 터널 저편에는 여러분의 꿈과 희망이 좀더 가까이 다가와 있을 것입니다. 정직하게 최선을 다해 시험에 임하기를 부탁드립니다. 그리고 나보다 더 힘들고 어려운 이웃과 친구들에게 선한 이웃이 되겠다고 결심하십시오.

환하게 웃으며 자전거를 타는 신문 파는 소년의 모습이 떠오릅니다. 얼마나 기뻤을까요? 잊지 마십시오. 여러분은 진정한 리더가 될 사람들이라는 것을. 그리고 21세기 한국을 더 살기 좋고 아름다운 나라로 변화시킬 사람들이라는 것을요.

모욕을 슬기롭게 극복하는 방법

한 지혜로운 사람이 모욕을 당해 분개하고 있는 젊은이에 게 다음과 같은 충고를 해 주었습니다.

"젊은이, 모욕은 진흙과 같은 걸세. 진흙은 마른 뒤에 털어 야 잘 털린다네. 속상하겠지만 조금만 참게. 그러면 일이 쉽게 풀릴 걸세. 만약 자네가 내 충고를 무시하고 자네 감정대로 행 동한다면 자네는 반드시 후회하고 말 걸세."

젊은이는 지혜로운 사람의 충고를 받아들였습니다. 그러자 머지않아 모욕을 준 사람이 찾아와 정중히 사과를 했습니다.

살다 보면 분노가 치밀어 오를 때가 한두 번이 아닙니다. 그러나 그럴 때마다 감정대로 반응을 보이기 보다는 잠깐 숨 을 고를 필요가 있습니다. 모욕을 받은 만큼 돌려주겠다는 생 각은 악순환의 고리를 끊지 못합니다. 문제 해결 역시 될 수 없습니다.

모욕 역시 마음먹기에 달린 것입니다. 내가 그럴 만한 행동 을 했다면 겸손하게 자신을 반성하면 됩니다. 내가 그럴 만한 행동을 하지 않았는데도 누가 나를 모욕했다면 그 사람의 인격이 아직 덜됨을 뜻합니다. 그럴 때는 그냥 넓은 마음으로 그러려니 받아 주십시오.

진정한 리더는 그릇의 차이입니다. 마음의 그릇, 생각의 그릇이 크고 작음에 따라 리더의 품격이 달라집니다. 마음의 그릇을 더욱 넓히십시오. 그러면 웬만한 모욕에는 별로 신경도 안 쓰게 됩니다. 진정한 리더는 모욕받은 것을 갚아 주려는 데에 시간을 쏟지 않고, 오히려 그 시간을 아껴 더욱 마음을 넓히는 훈련에 힘쓸 뿐입니다.

사사로운 것에 얽매이지 말고 인생의 핵심을 잡으십시오. 그것이 바로 진정한 리더가 되는 좋은 방법입니다. 오늘 하루도 주어진 상황을 감사함으로 받아들이고 최선을 다하길 부탁드립니다.

부정적인 말들을 멀리하라

요즘 여러분이 습관적으로 쓰고 있는 말을 무엇입니까?

"나 같은 인간은 도저히 구제 불능이야.", "도저히 할 수 없어.", "힘들어 죽겠어.", "산다는 게 뭔지, 이럴 바에야 차라리 죽는 게 더 낫겠어.", "내 신세는 왜 늘 이 모양 이 꼴이람."

이런 부정적인 말이 여러분의 입가에서 떠나지 않는지요? 말은 상상할 수 없을 만큼 놀라운 힘을 갖고 있습니다. "할 수 없다"라는 말만 계속 한다면 여러분은 아마 아무 일도 할 수 없는 사람이 될 것입니다.

말은 우리의 감정과 의지, 육체까지도 지배합니다. 여러분은 무한한 가능성을 소유한 청소년들입니다. 여러분이 어떤 뜻을 정하고 어떻게 생각하고 말하느냐에 따라 우리의 미래도 결정됩니다.

사랑하는 후배들, 요즘 여러분의 언어생활은 부정적입니까, 긍정적입니까? 꼭 기억하십시오. 말에는 커다란 힘이 있답니다. 그것은 작아서 눈에 보이지 않겠지만 가장 신神에 가까운 일을 합니다. 왜냐하면 그것은 두려움을 종식시키고, 슬픔을 제거하며, 즐거움을 불러일으키고 이웃에 대한 사랑을 증가시킬 수 있기 때문입니다. 내가 긍정적인 사고를 하면 주위 사람들이 다 나와 가까워지려 할 겁니다. 부정적인 생각에 빠져 푸념만 한다면 결코 상황은 나아질 수도 없고 사람들도 내 곁에 있고 싶어 하지 않겠죠. "될 수 있다. 할 수 있다"라고 생각하면 안개가 걷히듯 어려운 문제도 술술 풀리게 되어 있답니다.

오늘로서 부정적인 말들은 여러분의 입술에서 떼어 내버리십시오. 사랑하는 후배들의 입술에 감사와 칭찬과 희망의 말들만 머물기 소원합니다.

| 12월 16일 |
부정적 생각

건강에 관심이 있는 사람들은 겨울이 되면 겨울잠을 자고 있는 개구리들을 찾아 나섭니다. 겨울잠을 자고 있는 개구리가 몸에 좋다는 이유에서입니다. 살아 있는 개구리를 통째로 삶아 먹을 때 몸에 가장 좋다고 합니다. 그렇다면 어떻게 살아 있는 개구리를 삶을 수 있을까요? 펄펄 끓는 물에 넣으면 될까요? 그렇지 않습니다. 처음부터 찬물에 집어넣고 불을 약하게 켜서 아주 조금씩 뜨거워지게 하면 개구리는 자신도 모르는 사이에 죽어 간다고 합니다.

부정적인 생각들도 이와 같은 수법으로 사람들을 노예로 만듭니다. 처음에는 아주 작은 일들에 대하여 부정적인 생각을 가지게 만듭니다. 그러다 점차 중요한 일들까지 부정적으로 생각하게 합니다. 결국 부정적인 생각들이 우리를 통째로 삼켜 버립니다.

부정적인 생각이 요즘 어떤 미끼를 가지고 여러분을 유혹하고 있습니까? 부정적인 생각들은 여러분의 마음속에 있는 기쁨과 평안과 행복들을 파괴하고 여러분을 노예로 만들기 위해 호시탐탐 노리고 있습니다.

부정은 말 그대로 모든 것을 없애려는 성격을 가지고 있습니다. 환경에 불만을 가지게 되고, 남 탓뿐 아니라 자신까지도 싫어하게 만듭니다. 희망을 부정하기 때문에 꿈도 사라지고 맙니다.

긍정은 부정과 정반대의 성격을 가지고 있습니다. 넘어진 여러분의 마음을 일으켜 세워 줍니다. 그리고 용기와 희망을 불어넣기 때문에 꿈을 향해 나아갈 수 있습니다. 혹시 부정적인 생각들이 여러분을 내리누르려고 한다면 과감히 떨쳐 내십시오. 그리고 긍정적으로 생각의 머리를 돌리십시오.

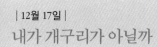

내가 개구리가 아닐까

어느 날 나귀가 등에 짐을 잔뜩 싣고 길을 걷다가 그만 연못에 빠지고 말았습니다. 나귀는 허우적거리며 살려 달라고 소리를 쳤습니다. 그때 연못가에 있던 개구리가 소리를 쳤습니다.

"이 바보 같은 녀석아, 연못에 좀 빠졌다고 뭐 그리 엄살이냐! 나는 너보다 몇십 배나 몸집이 작지만 연못에서 헤엄치고 논다."

이 이야기 속에 나오는 개구리가 바로 우리들 아닐까요? 우리는 종종 자신을 판단의 표준으로 삼고, 자신과 다른 언행을 하는 사람들을 신랄하게 비판합니다. 상대방의 입장은 전혀 고려하지 않은 채 말입니다. 당나귀는 죽을 수 있는 상황입니다. 여러분이 그 절박함을 모른다고 하여 개구리처럼 쉽게 말하는 몰인정함을 범하지 맙시다.

'입장 바꿔 생각하기'라는 말이 있습니다. 개구리는 자신이 당나귀라면 하고 생각하는 것입니다. 절대 개구리가 당나귀는 될 수 없지만, 비슷한 상황은 만날 수 있습니다. 당나귀처럼 목숨이 위태로운 상황을 만날 수 있다는 말입니다. 입장 바꿔 생각한다면, 우리의 입에서 쉽게 말이 나오지 못할 것입니다.

주위에 있는 친구가 힘들어할 때, 따뜻하게 감싸 주세요. 연약하다고 무시하지 말고 입장을 바꿔서 배려해 주세요. 그렇게 한다면 힘든 친구에게 상처를 더하는 일은 없을 것입니다.

인디언 속담에 이런 말이 있습니다.

"그 사람의 가죽신을 신고 한 시간을 걸어 보지 않고는 그 사람에 대하여 왈가왈부하지 말아라."

이 속담을 기억하면서 하루를 충실하게 보내기를 바랍니다.

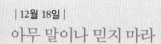
아무 말이나 믿지 마라

어리석은 사람은 아무 말이나 믿지만 슬기로운 사람은 자기 행동
을 조심스럽게 살핀다.

「잠언」 14 : 15

너무 쉽게 생각 없이 믿는다는 것은 순진한 것이 아니라
어리석음이 될 수 있습니다. 사람이 좋다는 것과 무조건 남의
말을 믿는 것과는 별개입니다. 이것을 분별력이라고 합니다.
신중하게 분별하는 사람은 아무 말이나 마음에 담아 두지 않
습니다. '누군가 자기를 시기한 말들, 지나치게 아부하는 말
들, 근거 없이 비난하는 말들 등' 아무 말이나 믿어 그 말에
마음과 행동이 움직이지 않습니다.

청소년 시절은 다른 사람들의 말을 신중하게 분별하기 보
다는 그냥 받아들이기가 쉬운 때입니다. 신중한 분별력을 훈
련하십시오. 그러면 여러분의 순수함을 잘 지킬 수 있습니다.
저는 여러분이 청소년 시절부터 분별력을 훈련하여 여러분의
순수함이 왜곡되지 않기를 바랍니다.

분별력을 기르기 위해서는 상대방의 말을 신중하게 들어

야 합니다. 그 말의 숨겨진 의도가 무엇인지, 그렇게 말하는 이유는 무엇인지 파악해야 합니다. 그 후에 말의 수용 여부를 따질 수 있습니다. 그리고 자신을 잘 파악하고 있어야 상대의 말을 내 것으로 받아들일 수 있습니다.

아침 마음관리 시간에 자신의 행동을 뒤돌아보세요. 친구와 무슨 말을 했는지, 친구의 말에 어떤 생각을 하고 반응을 보였는지 말입니다. 그곳에 여러분의 성향들이 숨어 있습니다. 사소하며 누구나 있을 것 같은 성향까지 다 찾아 적어 보세요. 지금은 작은 차이지만 몇 년 후에 엄청난 차이로 돌아오게 될 것입니다.

이제 2학기의 마지막입니다. 마무리 잘하고, 겨울방학 계획을 세우기 바랍니다. 실천 가능하면서도 자세하게 세우십시오.

| 12월 19일 |
여관에서 생긴 일

다음 이야기를 편안한 마음으로 읽어 보세요.

지금까지도 미국 중서부 지방의 작은 마을에서 열렸던 크리스마스 성탄극에 대하여 이야기를 하면, 윌리스 펄링이라는 이름을 떠올리는 사람이 틀림없이 몇 명은 있을 것입니다. 해마다 있는 성탄극에서 윌리가 공연을 했던 일은 이제 전설이 되다시피 했습니다.

9세인 윌리는 나이는 4학년이었지만, 그는 2학년밖에 안 됐습니다. 대부분의 마을 사람들은 그가 학교 공부를 따라가기가 힘들다는 걸 알고 있었습니다. 그의 몸집은 크나 어리숙하고 행동과 생각이 항상 느렸습니다. 그러나 윌리는 학급에서 인기가 좋았습니다.

윌리는 그해 성탄극에서 피리를 든 목동 역을 하고 싶었으나, 연출을 맡은 럼바드 선생님은 그에게 여관 주인이라는 중요한 역을 주었습니다.

마을 사람들이 연극을 보기 위하여 모여들었습니다. 윌리스는 그날 밤 무엇인가에 홀딱 빠져 있는 아이처럼 보였습니다. 나중에 사람들이 한 말이지만, 그는 무대 옆 쪽에 서 있었고 극에 푹 빠져 있었기 때문에, 자기 차례가 아닌데도 무대를 돌아다닐 위험이 있었다고 합니다. 그래서 럼바드 선생님은 그에게 분명한 주의를 주어야만 했습니다.

연극을 시작할 시간이 되었습니다. 요셉이 천천히 등장했습니다. 요셉은 마리아를 다정하게 이끌고 여관 문으로 다가서서 배경에 그려진 문을 두들겼습니다. 윌리는 그 뒤에서 기다리고 있었습니다.

"무슨 일이슈?" 하고 여관 주인이 퉁명스럽게 물었습니다.

"우리가 하룻밤을 묵을 수 있을까요?"

"딴 데 가서 알아 보슈." 윌리는 앞만 똑바로 보고 있었습니다. 하지만 목소리는 우렁찼습니다. "방이 꽉 찼수다."

"제발 부탁입니다. 맘씨 좋은 주인장, 이 사람은 내 아내 마리아인데, 아내가 몸이 무거워 쉴 곳이 필요합니다."

그제서야 여관 주인은 몸을 편한 자세로 바꾸며 마리아를 바라보았습니다. 그리고는 긴 침묵이 흘렀습니다. 그리고 윌리는 자동적으로 대답했습니다. "안 돼, 썩 물러가시오!"

요셉은 슬픈 모습으로 마리아를 안으며 아내의 머리를 자신의 어깨에 기대게 하고는 발길을 돌렸습니다. 여관 주인은 가만히 서서 의지할 곳 없는 이 부부를 바라보고 있었습니다. 그런데 윌리가 입을 열었습니다. 얼굴은 애처로움으로 주름지고 눈에는 눈물이 가득 고여 있었습니다. 갑자기 성탄극은 뜻하지 않았던 방향으로 치닫게 되었습니다.

"잠깐만 기다리시오, 요셉!" 윌리가 소리쳤습니다. "마리아를 데리고 오시오!" 윌리는 활짝 웃으며 말했습니다. "내 방을 쓰시오!"

이 세상을 아름답게 만드는 것은 돈과 권력이 아니라는 것을 뼈저리게 깨닫게 해 주는 이야기입니다. 우리가 이 이야기에 감동하는 것은 윌리의 마음에 공감하기 때문입니다. 타인의 고통을 냉정하게 외면하지 않고, 자신의 불편함을 감수하겠다는 그 마음이 우리의 마음을 두드렸기 때문입니다. 각박한 사회에서, 자신의 것만 챙기는 이웃의 모습에서, 발견할 수 없는 모습을 보았기에 우리는 감동합니다. 여러분도 윌리와 같은 마음이기를 바랍니다.

기말고사 보느라 참 수고 많으셨습니다. 힘들었지만 최선을 다한 여러분이 자랑스럽습니다. 이제부터는 자신이 계획한 대로 휴식을 취하면서 역전의 기간인 겨울방학 계획을 세우셔야 할 때입니다. 이 기간을 어떻게 보내느냐에 따라 중학생은 2년 정도를 만회할 수 있습니다. 고등학생들은 1년을 만회할 수 있습니다. 본인이 하기에 따라 그 이상도 가능합니다. 열정만으로는 부족합니다. 치밀한 계획과 열정 그리고 인내심이 결합된 실천, 이 세 가지가 모두 필요합니다.

지금부터 겨울방학 계획을 정교하게 세우고 다듬어 나가십시오. 자신에게 잘 맞는 계획으로 겨울방학을 준비하십시오.

| 12월 20일 |
일당백의 공부

> 학문은 깨닫는 것이 중요하다. 그러나 깨우쳐 주는 것은 스스로 깨닫는 것보다는 못하다. 스스로 깨닫는 것은 일당백—當百의 공부가 된다. 스스로 깨닫지 못한다면 아무리 깨우쳐 주어도 잘 안 된다.
>
> 왕양명王陽明

요즘 유행하는 말 중에 하나가 'teacher boy'입니다. 청소년들이 지나치게 학원과 과외에 의존하면서 사교육 선생님 없이는 어떤 공부도 스스로 할 수 없는 학생들을 의미합니다.

스스로 알고자 몸무림치면서 깨닫게 될 때 실력은 엄청나게 향상됩니다. 그러나 사교육 선생님이 그 과정을 대신 이행하면, 물론 시간은 절약되는 것처럼 보이지만 스스로 터득함으로 길러지는 지적 야성미가 제대로 훈련되지 못합니다.

그 결과 요즘 서울대학교 공대 신입생들의 기초 수학이 턱없이 모랍니다. 공대 수학을 제대로 따라가기에 부족하다는 것입니다. 단순히 입시만 해결하겠다는 안이한 생각이 청소년들의 활발한 사고력을 죽인 결과입니다.

스스로 알아 가는 공부가 시간이 걸리는 것처럼 보입니다. 그러나 대학 입시뿐 아니라 인생 전반에서 생겨나는 수많은 문제들과 어려움들을 지혜롭게 극복하는 데 능력을 길러 줍니다. 엄밀히 말해 시간이 걸린다고 말할 수도 없습니다. 지적 야성미가 훈련된 학생들은 공부의 가속도가 붙기 때문입니다. 그래서 여러분들은 스스로 알고자 몸부림치는 공부를 소홀히 해서는 안 될 것입니다.

저는 일체의 사교육을 금하라는 이야기가 아닙니다. 필요한 것은 배우되 지나치게 의존하지 말라는 것입니다. 내가 스스로 알아내야 하는 부분까지도 시간을 절약한다는 명분으로 사교육 선생님을 통해 얻어 내려고 하지 마십시오.

이제 곧 겨울방학의 시작입니다. 본인 스스로 공부하고 깨닫는 몸부림의 시간을 충분히 배정하여 실천하기를 부탁드립니다.

| 12월 21일 |
목표만 바라보라

여러분은 일을 할 때 그 일에 매달려 있는 장애물들을 보십니까? 아니면 그 일의 진정한 가치를 보십니까? 많은 사람들이 실패하는 이유는 일을 막고 있는 장애물들을 지나치게 확대 해석하기 때문입니다. 장애물만을 바라보고 생각한 나머지 장애물을 헤쳐 나갈 수 있는 자신의 역량과 가능성은 잊어버린 것입니다. 진정한 리더는 장애물에 눈을 고정시키지 않습니다. 장애물 너머에 있는 목표에 시선을 고정합니다.

여러분은 장애물 때문에 포기하는 어리석음에 빠지지 않기를 바랍니다. 현재 눈앞에 놓인 장애물이 힘들고 괴로울지도 모릅니다. 그러나 장애물은 자신이 넘을 수 있는 범위에서만 주어진다고 합니다. 장애물에 두려움을 가질 필요가 없습니다. 여러분은 다 넘어설 수 있습니다.

오늘부터 장애물이 아니라 목표에 초점이 맞춰지기를 바랍니다.

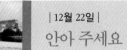

안아 주세요

혼자보다는 둘이 더 낫다. 그 가운데 하나가 넘어지면, 다른 사람이 자기의 동무를 일으켜 줄 수 있다. 그러나 혼자 가다가 넘어지면, 딱하게도 일으켜 줄 사람이 없다.

「전도서」4 : 9~10

가을날, 린다는 앨버타에서 유콘준까지 혼자서 울퉁불퉁한 고속도로를 여행했습니다. 그녀는 폐차 직전인 혼다 시박을 몰고 혼자서 화이트호스까지 여행해서는 안 된다는 사실을 몰랐고, 그래서 그녀는 4륜 구동 정도라야 갈 수 있는 길을 떠났습니다. 첫날 저녁에 산에서 방을 하나 구했습니다. 그녀는 새벽 5시에 깨워 달라고 직원에게 부탁했는데, 그는 꽤 놀란 표정을 지었습니다. 다음 날 일어나 보니 산이 온통 안개로 덮여 있어서 그랬다는 사실을 알게 되었습니다. 바보같이 보이고 싶지가 않아 그녀는 일어나 식사를 하러 갔습니다. 2명의 트럭 운전사가 린다와 합석하기를 청하였고 식당이 좁은 것을 본 그녀는 수락했습니다. 한 운전사가 물었습니다.

"어디로 가십니까?"

"화이트호스로 가요."

"저런 작은 시박으로? 말도 안 됩니다! 이런 날씨에는 이 길이 꽤 위험해요."

다른 운전사가 대답하였습니다.

"그래도, 한번 해 보죠, 뭐."

그녀는 배짱 있게 대답했습니다.

"그렇다면 우리가 당신을 안아 줘야 할 것 같군요."

트럭 운전사가 제안을 하였습니다.

그러자 린다는 불같이 화를 내며 대꾸했습니다.

"말도 안 되요. 그 어느 누구도 내 몸에 손을 대지는 못해요."

운전사는 싱긋이 웃으며 말했습니다.

"그런 게 아니고, 트럭 하나는 당신 차 앞에서, 또 다른 하나는 뒤에서 안아 준다는 것이오. 그런 식으로 해야 이 험한 산악 지역을 빠져나갈 수 있을 거요."

그렇게 해서 린다는 운전사가 제안한 대로 트럭 한 대는 뒤에서 또 다른 한 대는 앞에서 줄을 지어 산악 지역을 무사히 빠져나갔습니다.

여러분도 혹시 인생의 안개에 싸여 본 적이 있습니까? 그곳에서는 볼 수 있는 게 거의 없습니다. 안개와 싸워야 할 뿐 아니라, 산길도 헤쳐 가야 합니다. 이는 죽을 수도 있다는 것을 뜻합니다. 이럴 때는 도움이 필요합니다. 여러분을 안아 주고 여러분을 인도할 뿐만 아니라 뒤에서 편안하게 격려해 줄 수 있는 그런 사람 말입니다. 부모님이나 선생님, 친구 또는 예상하지 못한 사람이 도움을 줄 수 있습니다. 또는 책에서도 받을 수 있습니다.

그러나 이런 도움을 받는 데 그치지 마십시오. 손을 내밀어 도움을 줘 보십시오. 도움은 나눌수록 채워지는 이상한 힘을 가지고 있습니다. 너무 힘들어서 도울 수 없다는 생각은 하나만 알지 둘은 모르는 생각입니다. 다른 사람에게 관심의 포옹을 해 주십시오. 우리는 저마다 서로에게 필요한 부분을 채워 줄 수 있습니다.

사랑하는 후배들, 이제 본격적인 겨울방학이 시작되었습니다. 겨울방학 기간에 새롭게 다시 태어날 수 있습니다. 각 과목의 취약한 부분이나 모난 성격, 약한 마음, 건강까지 부족한 점을 메울 수 있는 시간이 1년에 한 번 허락됩니다. 그것이 바로 겨울방학입니다. 내년 3월 새 학년이 시작될 때까지 거의 두 달 정도의 시간이 여러분에게 주어진 것입니다.

그동안 뜻을 정해 열심히 해 왔지만 지나간 시간을 너무 허비하여 실력 향상이 원하는 만큼 안 된 친구들에게 겨울방학은 소중한 시간입니다. 이 기간을 어떻게 보내느냐에 따라 내년이 결정된다고 해도 과언이 아닙니다. 마음의 실력과 공부의 실력, 두 가지 모두 본격적으로 집중 훈련을 해야 할 때입니다. 현재의 부족함은 넘어야 할 산에 불과합니다. 언제나 곁을 따라다니는 그림자가 아닙니다. 인생의 긴 레이스에서 겨우 한 발자국 움직였습니다. 목표를 향해 나아가는 데 주저하지 마십시오.

| 12월 23일 |
경우에 합당한 말

경우에 적합한 말은 은쟁반에 올려 놓은 금사과와 같다.

「잠언」25 : 11

경우에 합당한 말을 하기 위해서는 첫째, 다른 사람의 이야기를 끝까지 잘 들어야 합니다. 둘째, 이야기를 들으면서 그 사람의 마음을 잘 생각해야 합니다. 그러기 위해서는 상대방의 입장에서 생각해 보는 노력을 기울여야 합니다. 셋째, 머릿속에 떠오른 말을 한 번 더 생각해 보면서 꼭 필요한 말만 선택하십시오. 넷째, 그 선택한 말에 여러분의 따뜻한 마음과 사랑을 담아 전해 주십시오.

이 네 가지 과정을 여러분이 지킨다면 여러분은 주변 모든 사람들에게 사랑과 존경을 받게 될 것입니다.

돈이 들지 않는 크리스마스 선물

혹시 이 겨울에 특별한 사람들에게 어떤 선물을 주어야 할지 몰라서 고민하고 있지는 않나요? 뭔가 특별하고 의미 있는 선물을 주고 싶은데 좋은 생각이 잘 떠오르지 않을 때는 그야말로 커다란 고민거리가 아닐 수 없습니다. 여기 선물 목록을 몇 가지 적어 두었습니다. 실은 이 선물들은 사러 갈 필요가 없습니다.

1. 경청—왜 이런 선물을 혼자서 외롭게 살아가는 이들에게 주지 않는 건가요? 여러분은 그들의 말을 들어주어야 합니다. 중간에 말을 잘라서도 안 되고, 딴 생각을 해서도 안 되고, 대답을 준비할 필요도 없어요. 그냥 앉아서 들어주기만 하면 됩니다.

2. 애정 표현—포옹할 때, 키스할 때, 그리고 손만 살짝 잡아 줄 때도 넓은 아량을 가지세요. 이런 작은 행동으

로 여러분 마음속에 있는 사랑을 표현할 수 있어요.

3. 메모—간단히 '사랑해요!' 라고만 써도 되고, 독특하게 시 한 구절을 써도 좋아요. 그런 다음, 이 메모를 깜짝 놀랄 만한 곳에 두세요.

4. 웃음—만화를 잘라 두거나 잡지 기사를 오려 두었다가 줘 보세요. 여러분이 준 선물은 이런 의미를 줄 거예요. '난 당신과 함께 웃고 싶어요!'

5. 찬사—그냥 간단히 이렇게 이야기해 보세요. "파란 옷을 입으니까 멋있는데!" 또는 "머리 스타일이 마음에 들어!" 또는 "자기야, 저녁 맛있었어!" 이런 말은 자신이 별다를 거 없다고 생각하는 사람에게는 아주 가치 있는 선물이 될 거예요.

6. 호의—설거지를 도와주고, 지하실을 청소해 주고, 잔디를 정리해 주고, 삽질을 해서 길을 만들어 주고, 차고를 청소해 주고, 전등을 고쳐 주는 등의 일을 해 주세요.

7. 혼자 있게 놔 두기—살다 보면 가끔은 혼자만 있고 싶을 때가 있거든요. 이러한 시기에는 좀더 예민하게 살펴보고 방해하지 말고 혼자 놔 두어야 해요.

8. 유쾌함—사랑하는 사람들에게 유쾌함을 주려고 노력하세요. 그에게는 그날 하루 짊어진 짐이면 충분해요. 또다시 어깨에 짐을 지우지는 마세요.

9. 게임—사랑하는 사람이 가장 좋아하는 게임을 하세

요. 비록 여러분이 진다고 해도 결국은 여러분이 승리
자가 될 테니까요.

10. 기도―크리스마스 목록에 있는 사람들을 위하여 기
도하세요. 그리고 여러분이 그들을 위하여 기도를 하
였다고 전해 주세요. 이 말은 '당신이 나에게 너무나
도 소중하기 때문에 하나님께 당신 이야기를 했다' 는
사실을 알려 주는 거예요.

여기 돈을 들이지 않고도 쉽게 선물할 수 있는 열 가지의
가치 있는 방법이 있습니다. 이 목록에 나오는 선물은 아무리
써도 줄어들지 않습니다. 물론 여기에 더 많은 선물들을 추가
할 수도 있습니다. 그러나 여러분들이 여기 있는 열 가지만 행
동으로 옮긴다면 그 어떤 값비싼 선물보다 귀한 선물이 될 것
입니다.

우리 모두는 날마다 무언가를 주고 있습니다. 그렇다면 뭔
가 색다른 걸 생각해 보는 게 좋지 않을까요? 돈으로는 절대
로 살 수 없는 선물, 이 세상에서 가장 받고 싶은 열 가지 선물
이라고 저는 생각합니다.

마음이 담긴 선물만큼 귀한 선물은 없는 것 같습니다. 제가
가르치는 가난한 학생들 가운데 어떤 학생이 건네준 크리스마
스 선물이 기억납니다. 그것은 직접 만든 카드였습니다. 한 자
한 자 마음이 담긴 그 카드를 보면서 저는 눈시울이 뜨거워졌
습니다. 매년 공부방 학생들이 주는 편지와 카드가 가장 소중

한 선물입니다.

　비싸지 않아도, 좋아 보이지 않아도, 마음이 담긴 선물은
받는 사람의 마음을 감동시킵니다. 고마운 마음을 카드에 담
아 드려 보십시오.

네 번째 동방 박사

아르타반이라는 네 번째 동방 박사는 별을 따라가기로 마음먹고 태어나신 왕을 위한 선물로 값비싼 사파이어 · 루비 · 진주를 가지고, 친구인 야스퍼 · 멜키오르 · 발타사르를 만나기 위해 약속된 장소로 낙타를 힘껏 몰았습니다.

그는 도중에 고열로 앓고 있는 여행객을 만났습니다. 이 사람을 도와주기 위해 여기 머문다면 친구들을 놓칠 것입니다. 그러나 그는 여행객을 도왔습니다. 건강이 회복될 때까지 간호를 하였습니다. 결국 그는 혼자가 되었습니다.

그는 낙타와 짐꾼, 사막을 안내해 줄 사람이 필요했습니다. 또한 필요한 물품을 사기 위해 갖고 있던 사파이어도 팔아야 했습니다. 그는 예수의 탄생을 축하하기 위해 준비한 이 보석을 팔아야 한다는 사실이 서글펐습니다.

마침내 베들레헴에 도착했을 때, 요셉과 마리아와 아기 예수는 없었습니다. 그가 베들레헴에 머무는 동안, 헤롯왕으로부터 유대인의 사내 아기를 모두 죽이라는 명령을 받은 군사가 집에 들이닥쳤습니다. 군사가 아르타반이 머물고 있던 집의 문간에 서 있을 때, 그 집의 여주인는 아르타반의 뒤에서 울고만 있었습니다. 그 집의 아기를 죽음에서 건져 내기 위해 아르타반은 갖고 있던 루비를 뇌물로 주었습니다. 그렇게 해서 아기는 살게 되었지만 루비는 없어졌습니다. 이제 아기 예수를 위한 선물은 단 하나밖에 남지 않았습니다.

수년 동안 그는 예수를 찾아 헤맸습니다. 그리고 30년 뒤, 결국 예루살렘의 십자가 처형에서 그를 찾았습니다. 그는 자신이 가지고 있는 마지막 선물로 예수의 자유를 살 수 있으리라고 생각하였습니다. 그런데 병사들로부터 쫓기는 한 여자 아이를 보게 됩니다. 그녀가 외치길, "우리 아버지가 빚을 졌는데 갚지를 못하자 저를 팔아서 빚을 갚으려고 해요. 살려 주세요!"라고 하는 것이었습니다. 아르타반은 잠시 주저하였으나, 곧 자신이 가지고 있던 진주를 병사들에게 주어 아이의 자유를 샀고 빚을 갚았습니다. 드디어 하늘은 어두워졌고, 예수는 십자가에 매달려 죽었습니다.

네 번째 동방 박사는 자신의 선물을 필요한 사람들에게 주었기 때문에, 그 선물을 예수에게 주지 못한 걸까요? 저는 그렇지 않다고 생각합니다. 그의 선한 행동은 예수에게 주려 했던 보석보다 더한 가치로 예수께 전해졌을 것이기 때문입니다.

불쌍한 사람을 보고 외면하지 마십시오. 성탄절이라고 축제에만 젖어 있지 마십시오. 그들의 불행은 그들만의 것이 아닙니다. 성탄절은 사랑의 날이고, 도움의 날이라는 것을 기억하십시오.

제가 아는 가족은 2년에 한 번씩 돈을 모아 크리스마스가 되면 어려운 가정을 도와줍니다. 우리는 내가 무언가를 해 주면 그만큼 혹은 그 이상 돌아오는 사람들에게는 참 잘해 줍니다. 하지만 아무런 이익이 생기지 않을 사람에게는 무척 인색합니다. 내년에는 나에게 잘해 줄 선한 이웃만을 기다리지 말고 내가 먼저 선한 이웃이 되어 주세요. 그것이 바로 선한 이웃을 만날 수 있는 가장 쉬운 방법이기도 하니까요.

| 12월 26일 |
역경의 날에 즐거워하라

어느 날 독일의 한 남작이 바람을 이용해서 뭔가 웅장하고 아름다운 소리를 내는 악기를 만들 수 없을까 고심을 하고 있었습니다. 그러던 중 좋은 생각이 떠올랐습니다. 그는 자신이 살고 있는 성곽 위에 세워 놓은 두 개의 탑 끝을 여러 가닥의 철사로 연결했습니다. 바람이 불지 않을 때는 그 거대한 악기는 아무런 소리를 내지 않았습니다. 그러다 미풍이 불자 그 악기는 조그맣게 소리를 내기 시작했습니다. 그 악기가 가장 웅장하고 아름다운 소리를 낸 것은 폭풍우가 치는 날이었습니다.

역경의 날에 즐거워하십시오. 상처받고 힘든 사람들을 이해하기 위해 꼭 필요한 과정입니다. 그리고 자신의 좁은 생각과 아집이 변할 수 있는 시간입니다. 내 안에 있는 보석이 빛이 나게 닦일 수 있는 시간인 것입니다. 그리고 그것이 빛을 발할 수 있는 시간이기도 한 것입니다. 역경은 피할 수 없는 고개입니다. 피할 수 없다면 그것을 즐길 수 있기를 바랍니다.

여러분은 지금 어떤 고난을 당하고 있나요? 그 고난 속에서 어떤 행동을 취하고 있나요?

인간은 고난을 겪을 때마다 그만큼 성숙해질 수 있는 존재입니다. 오늘 하루도 고난을 두려워하지 말고 허리를 단단히 동여매어 희망과 꿈에 초점이 맞추어지길 바랍니다.

진실의 힘

사람이 진실을 말하면 큰 만족을 얻고 열심히 일하면 많은 복이
돌아온다.

「잠언」 12 : 14

때로는 진실을 말하면 실제로 손해를 보는 때가 있습니다.
물론 정직하게 대답했는데 오히려 더 나쁜 이미지만 심어 줄
때도 있습니다. 그런 일을 몇 번 겪다 보면 다음부터는 '적당
한 게 좋은 거야' 하면서 둘러대거나 거짓을 말하게 됩니다.
그러나 거짓이 습관이 되면 진실이 주는 기쁨과 만족을 잃어
버립니다.

사회가 혼란해지고 가치관이 뒤죽박죽일수록 진실은 필요
합니다. 눈앞에 잠깐의 이익을 위해 거짓을 택하지 마십시오.
불행의 시작입니다. 처음부터 단호하게 끊어 버려야 합니다.
거짓은 또 다른 거짓을 낳을 수밖에 없습니다.

순수함과 진실함을 돈으로 환산하면 얼마쯤 될까요? 내가
생각할 때 1,000조는 넘지 않을까요? 돈으로 계산할 수 없는
가치입니다. 나는 진실함과 순수함과 실력을 갖춘 멋진 청소

년들이 그들의 가치를 그대로 가지고 청년이 되기를 바랍니다. 거짓말은 할수록 여러분들의 내면에 있는 진실함과 순수함을 사라지게 합니다. 그것처럼 크나큰 손실이 어디 있겠습니까? 무엇을 위해서 여러분들의 빛을 거짓에 넘길 수 있겠습니까?

진실함과 정직함을 가진 청소년들은 최선을 다하면 생기는 가치를 알고 있습니다. 그래서 자신이 주어진 상황에서 아무리 힘들더라도 포기하지 않고 묵묵히 노력합니다. 그런 노력이 쌓이고 쌓이면 누구도 빼앗을 수 없는 실력이 생깁니다.

올해도 이제 얼마 남지 않았습니다. 올해를 돌아보며 과연 내가 가진 진실함과 순수함을 얼마나 잘 지켜 왔는지 살펴보십시오. 행여 여러 가지 이유로 빛을 잃었다면 다시 회복하겠다고 결단하기 바랍니다. 추운 겨울 늘 건강에 유의하세요.

| 12월 28일 |
당신은 중요한 존재다

뉴욕에 사는 한 여선생님은 자신이 있는 고교 졸업반 학생들에게 한 사람 한 사람이 행한 중요한 일을 말해 줌으로써 그들을 칭찬하기로 마음먹었습니다. 캘리포니아 주 델마 출신인 헬리스 브리지스가 개발해 낸 과정을 이용해서, 선생님은 한 번에 한 명씩 교실 앞으로 그들을 불러냈습니다. 먼저 선생님은 학생들에게 그들이 선생님과 학급에게 얼마나 중요한 존재인가를 말해 주고, 그 다음 그들에게 '나는 중요한 존재다!' 라는 황금빛 글씨가 인쇄된 파란 리본을 선물했습니다.

얼마 뒤에, 선생님은 '중요성을 인정해 주는 것'이 공동체에 어떤 영향을 미칠 수 있는가를 알아보기 위해, 온 학급이 참여하는 프로젝트를 실행하기로 결정했습니다. 학생들 각각에게 3개 이상의 리본을 나눠 주고는 밖으로 나가서 '칭찬하기'를 해 보라고 지시했습니다. 학생들은 그 결과를 끝까지 추적해서 일주일 안에 교실에서 다시 그것에 대한 발표를 하도록 지시받았습니다.

한 학생이 학교 근처에 있는 회사의 하위직 간부에게 갔습니다. 거기서 자기의 진로 계획을 세우는데 그 간부가 도움을 준 것에 대해 찬사를 하며 푸른 리본 하나를 그 간부에게 주었습니다. 그리고는 여분으로 2개를 더 주며 "저희는 지금 '칭찬하기'라는 학급 프로젝트를 진행하고 있습니다. 우리처럼 밖으로 나가서 칭찬할 만한 사람을 만나거든 그에게 이 리본을 하나 주고 나머지 여분의 리본도 주어서 그 사람이 이 '칭찬하기' 행사를 지속시킬 수 있게 해 주십시오. 그리고 나서 저에게 다시 그 결과를 알려 주십시오"라고 부탁했습니다.

얼마 뒤, 그 간부는 자기에게 화를 잘 내는 사장에게 가서 자기는 사장의 독창성에 깊은 찬사를 보낸다고 말하고는 마지막 1개의 리본을 주며 제3의 사람에게 칭찬을 해 주라고 부탁했습니다. 사장은 칭찬을 받고는 크게 놀랐습니다.

그날 밤, 사장은 자신의 14세 된 아들에게 말했습니다.

"오늘 정말로 믿을 수 없는 일이 일어났다. 내 부하 간부들 가운데 한 명이 나한테 와서 나의 독창성에 대해 칭찬을 하고는 푸른 리본을 하나 주었단다. 나는 이 리본을 누구에게 줄까 생각하다가 너를 생각했다. 너는 상상이 안 가겠지만 말이다. 난 지금 너를 칭찬하고 싶구나. 내 생활이 몹시 바쁘기 때문에 집에서 너에게 많은 신경을 써 줄 수가 없었단다. 때로는 너에게 성적이 안 좋다고 고함도 치고, 방을 엉망으로 만든다고 소리도 지르고…. 하지만 오늘 밤, 네가 나에게 아주 중요한 일을 했다고 말해 주고 싶다. 너는 나의 인생에서 제일 중요한 존재란다. 너는 멋진 녀석이야. 사랑한다, 얘야!"

깜짝 놀란 아들은 끝내 울음을 터뜨리고는 그칠 줄 몰랐습니다. 아들의 몸이 떨려 왔습니다. 눈물이 흐르는 얼굴을 들어 아들은 말했습니다.

"내일 전 자살하려고 했어요. 아빠가 날 사랑하지 않는다고 생각했기 때문이죠. 하지만 이젠 그럴 필요가 없어졌어요."

칭찬이 가진 위력은 대단합니다. 한때 TV에서 칭찬하는 프로그램이 있었습니다. 그 프로를 보면서 칭찬해 줄 사람이 많다는 것에 감사했습니다. 이제 여러분들이 칭찬해 주세요. 가족과 친구, 선생님께도 칭찬을 아끼지 마세요.

사람들은 장단점을 모두 가지고 있습니다. 한 부분이 마음에 안 든다고 해서 그것이 그 사람의 전부라고 판단하면 안 됩니다. 단점을 발견했다면 그에 반한 장점도 분명 있을 것입니다. 그것을 찾아보고 칭찬하는 것입니다.

기말고사가 끝난 다음 의외로 절망하는 친구들이 많습니다. 나름대로 열심히 했는데 성적에 만족할 수 없기 때문입니다. 자신에게 실망스럽고 괴로운 마음도 듭니다. 그래서 겨울방학이 시작되었어도 여전히 무력감에 빠져 새롭게 시작을 하지 못합니다. 그런 친구들에게 해 줄 말이 있습니다.

"저는 여러분이 최선을 다한 것만으로 정말 여러분을 자랑스럽게 생각합니다. 이번 시험에서는 역부족이었을지 몰라도 여러분의 열심이 쌓이면 언젠가 그 진가가 드러나게 될 것입니다. 조금만 더 힘을 내세요. 두 달간의 겨울방학을 통해 여러분의 최선의 노력이 실력으로 새롭게 태어날 것입니다. 겨울방학은 정말 귀한 시간입니다. 아직 자포자기할 때도 아니고 무력감에 빠질 때도 아닙니다. 다시 뜻을 정하세요. 다시 한 번 힘을 내십시오. 이 부족한 선배의 말을 한 번만 더 믿어주세요. 이 기간을 통해 여러분의 절망감이 새로운 희망으로 가득 차게 될 것입니다. 여러분의 선택과 결단으로 오늘부터 새로워질 수 있습니다."

작은 어리석음을 제거하라

한 사람의 잘못으로 모처럼 잘되던 일이 수포로 돌아가는 수가 있다. 파리 한 마리가 빠져 죽으면 향수 한 병을 버리게 된다. 그렇듯 하찮은 어리석은 행동 때문에 지혜로 얻은 영광을 물거품으로 돌려 버리는 수가 있다.

「전도서」 10 : 1

일순간의 방심과 교만이 때로는 모든 일을 원점 혹은 더 나쁜 상황으로 만들 수 있습니다. 청소년 시절은 질풍노도의 시기와 같습니다. 사소한 일에 가속도가 붙으면 도저히 억제할 수 없는 상황으로 돌변하기 쉬운 시기입니다.

순간순간 수없이 찾아오는 유혹의 속삭임으로부터 무엇보다 마음을 지키십시오. 마음의 끈을 동여매고 자신의 꿈과 목표를 바라보십시오. 좌로나 우로나 치우치지 말고 목표를 향해 정진하십시오. 매일 꾸준히 훈련한 마음은 그 어떤 보석보다도 여러분의 인생에서 큰 빛을 발할 것입니다.

이제 한 해를 마무리하는 시기입니다. 수고 많으셨습니다. 내년에는 올해의 실수를 밑거름 삼아 더욱 도약하기 위해 힘을 모아 준비하기를 바랍니다.

상대적 비교의 함정에서 벗어나세요

한 여인이 결혼을 했습니다. 여인의 관심은 온통 신랑에게 가 있었습니다. '오늘은 어떤 음식을 만들면 좋을까? 오늘은 방을 이렇게 꾸며 봐야지. 남편이 직장에서 돌아오면 무슨 말을 해 줄까?' 하는 생각들로 머릿속은 가득했습니다.

여인은 무척 행복했습니다. 그러나 세월이 지나 집안 살림에 능숙한 주부가 되자 여인은 자신의 남편을 다른 집 남편들과 비교하기 시작했습니다. 여인의 눈에는 다른 집 남편들이 훨씬 유능해 보였습니다. 돈도 더 잘 벌고 부인에게 도 더 잘 대해 주는 것처럼 보였습니다. 비교하기 시작하면서부터 여인은 더 이상 행복하지 않았습니다.

많은 청소년들이 비교를 통해 순간 행복해지기도 하고 순간 표정이 일그러지기도 합니다. 자신만이 가진 독특한 재능과 장점을 못 보기 때문입니다. 자신의 것은 버려 두고 다른 사람이 가진 재능과 장점을 부러워하며 안타까워하는 것은 참 어리석은 일입니다.

우리 모두에게는 이런 모습이 있습니다. 상대적인 우월감과 좌절감이 우리 내면의 정원에 공존하고 있습니다. 중요한 것은 내가 가진 장점을 살려 마음의 힘과 탁월한 실력을 훈련하는 것입니다. 다른 사람의 장점을 인정해 주고 나의 장점 또한 스스로 인정해야 합니다. 장점을 키워 실력을 기르는 데에 온 힘을 기울이십시오. 그것이 상대적 비교의 함정에서 벗어나는 유일한 길입니다.

이제 긴 한 해도 다 저물어 갑니다. 내년 계획을 세울 때, 여러분에게 꼭 기억해야 할 것이 있습니다. 그것은 상대적 우월감, 만족감, 좌절감, 패배감을 벗어 버리는 일입니다. 자신의 장점을 훈련시키고 계발시키십시오. 진정한 리더는 비교에 의해 만들어지는 것이 아닙니다.

| 12월 31일 |
사랑하는 귀한 후배들에게

방학한 지도 열흘 정도 지나고 있습니다. 시간을 어떻게 사용하고 있나요?

인생의 시간을 계산해서 발표한 것에 따르면, 죽음을 70세라고 가정하고, 성장하는 기간이 15년, 수면 시간이 20년, 먹고 즐기는 시간이 15년, 늙어서 아무것도 못하는 시간이 5년, TV를 시청하는 시간이 7~8년이라고 합니다. 그러므로 활기차게 일할 수 있는 시간은 70년 중에 고작 7~8년 정도밖에 안 되는 것입니다. 여러분은 무엇을 하기 위해 이 시간을 사용하시겠습니까?

오늘은 올해의 마지막 날입니다. 부족한 책과 함께 일 년을 보내 온 후배들에게 수고했다고 전합니다. 마음관리가 쉬운 일은 아니지만, 과거 자신의 모습을 떠올렸을 때 성장한 지금의 모습을 발견할 수 있을 것입니다.

일 년을 돌아보고 새해를 위해 반성하면 좋은 시간입니다. 평소보다 마음관리 시간을 넉넉하게 가지세요. 좋은 음악과 따뜻한 차를 마시며 지나간 한 해를 차근차근 헤아려 보세요.

그리고 꿈과 희망을 품고 새해를 기대하며 바라보기 바랍니다.

시간은 총알보다 빠릅니다. 그러나 미래를 정직과 성실함과 최선으로 준비하는 자에게 시간은 넉넉합니다. 시간에 쫓기지 말고 시간을 끌고, 원하는 곳으로 나아가는 여러분들이 되었으면 합니다.

1년 동안 수고 많았습니다. 감사합니다.

우리는 꿈과 목표하는 것을 이루기 위해 수많은 좌절과 실패의 터널을 통과해야 합니다. 해협을 건너기 위해 얼음같이 차가운 바닷물을 견뎌야 했던 것처럼. 우리를 자포자기하게 만드는 것은 우리 자신입니다. 소중한 꿈과 목표와 희망을 우리가 바라보아야 합니다.

2부

수능 및 주요시험 30일
마음관리법

30일 대학 입시를 본다는 것은

대학 입시를 본다는 것은 인생에서 처음으로 큰 시험을 치르는 일입니다. 초등학교, 중학교, 고등학교에 걸친 총 12년간의 공부를 정리해 보는 시간입니다. 또한 대학이라는 곳에 가기 위해서는 꼭 넘어야 할 산입니다. 하지만 그 산은 혼자 넘기에는 많이 힘듭니다. 그래서 저는 오늘부터 여러분들과 함께 대학 입시 전, 30일간의 여행을 시작하려고 합니다.

30일간의 여행을 의미 있고 알차게 하기 위해서는 첫날인 오늘 꼭 해야 할 것이 있습니다. 바로 내가 왜 공부하는지에 대한 분명한 목표를 다시 확인하는 일입니다. 이전보다 훨씬 더 강한 긴장과 불안이 찾아오는 지금, 내가 왜 이 힘든 시험을 보아야 하는지 그 분명한 이유를 다시 확인해야만 합니다. 확인하고 또 확인하십시오. 힘들어도 끝까지 확인하십시오. 그를 통해 여러분은 마음속 깊숙이 자리한 불안과 초조를 극복하고 30일간을 알차게 보낼 수 있는 새로운 힘과 오기 그리고 의지를 얻을 것입니다.

오늘부터 새롭게 태어난다는 마음으로 시작입니다. 그동안 입시에 대한 불안과 초조 등으로 마음을 제대로 잡지 못해 어쩔 줄 몰랐던 친구들도 오늘부터 새롭게 뜻을 정해 시작해 보도록 하십시오. 아직 포기할 때가 아닙니다. 다시 한 번 용기를 내어 오늘 하루부터 시작하도록 합시다. 앞으로 30일을 어떻게 보내느냐에 따라 대학 입시 결과가 많이 달라진다는 것을 꼭 기억하시기 바랍니다.

29일 마음의 밧줄

어느 날 한 아버지가 딸을 데리고 서커스 구경을 갔습니다. 그런데 그는 거기서 코끼리들이 묶여 있는 밧줄을 보고 깜짝 놀랐습니다. 8마리의 코끼리가 있었는데 그들이 묶여 있는 밧줄이 생각보다 많이 가늘었던 것입니다. 족쇄에 달린 고리에 붙어 있는 그 가느다란 밧줄은 다시 좀더 굵은 밧줄에 연결되어 있었고, 그 굵은 밧줄은 말뚝에 묶여 있었습니다. 하지만 일반적으로 엄청난 힘을 가진 코끼리를 생각할 때, 코끼리가 그대로 뛰쳐나가 서커스 장을 마구 휘저을 수도 있을 터였습니다.

'왜 저 지적이고 호기심 많은 동물이 자유롭게 돌아다니고 싶어 하지 않는 걸까?' 라는 의문이 든 그는 그 이유를 알기 위해 노력했습니다. 그러다가 그는 코끼리들이 아주 어렸을 때부터 꼼짝도 못하게 말뚝에 묶여 지낸다는 사실을 알게 되었습니다. 처음 말뚝에 묶인 코끼리들은 몇 주 동안 벗어나고자 안간힘을 씁니다. 그러나 서너 주가 지나면서부터 조금씩 자포자기하기 시작합니다. 그리고는 어느 순간부터 오른쪽 발목이 묶여 있으면 자유롭게 움직일 수 없다고 스스로 믿어 버리게 되는 것입니다. 그 이후부터 코끼리들은 아주 가느다란 실로 묶어 놓아도 아예 움직이려고도 하지 않게 되는 것입니다.

이야기에서 알 수 있듯이 서커스의 코끼리들은 할 수 없다고 믿었기 때문에 움직이지 않았던 것입니다. 눈에 보이는 그 어떤 밧줄이나 말뚝보다도 마음속의 밧줄이 더 강했던 것입니다. 물론 우리는 코끼리가 아닙니다. 그렇지만 우리 역시, 꼭 집어 표현하기는 어렵지만, 여러 가지 방식으로 자신과 주위 환경에 대해서 어떻다고 믿어 버리는 경우가 많습니다. 그 결과 나의 힘과 재능을 제한하는 여러 밧줄들에 매여도 줄을 끊어 버리지 못한 채 하루하루 사는 경우가 많습니다.

지금 현재 여러분을 속박하는 불필요한 밧줄들이 어떤 것이 있습니까? 한번 조용히 생각해 보십시오. 그리고 만약 있다면 과감히 끊어 버리길 바랍니다.

대학 입시까지 이제 29일 남았습니다. 아직 포기할 때가 아닙니다. 끝까지 정직하게 최선을 다하길 부탁드립니다. 다시 한 번 더 힘을 내십시오. 남아 있는 역전의 기회를 꼭 붙잡기 바랍니다.

28일 정확히 알면 알수록 고득점이 보여요

여러분이 공부하는 분명한 이유와 목표를 확인한 다음 해야 할 것은 현재 나의 실력을 점검해 보는 일입니다. 현재의 나의 실력을 정확히 점검하여 그것을 토대로 30일간 내가 할 수 있는 최선의 계획을 세우는 것입니다. 그리고 실천하는 겁니다.

남은 28일간 어떻게 보내느냐에 따라 얼마든지 점수를 올릴 수도 있고 낮출 수도 있습니다. 중요한 것은 현재 나의 정확한 실력을 파악한 후 나의 약점을 보완하는 것입니다. 그동안 모의고사에서 틀린 문제들 위주로 정리하는 시간을 가지도록 하십시오. 틀린 문제들을 하나하나 정리하다 보면 어느새 조금씩 마음에 안정이 생기고 부족한 부분을 보완하는 데서 생기는 자신감이 쌓이게 될 것입니다. 이 자신감은 입시 마무리에 있어서 아주 소중합니다. 이것을 꾸준히 키워 나가시길 부탁드립니다.

오늘 하루도 힘들지만 모든 일에 감사함으로 최선을 다하길 바랍니다.

27일 불행을 자초하려는가

　좋은 일을 오래 기억하고 나쁜 일을 재빨리 잊는 것은 행복한 생활을 영위하는 데 기본이 됩니다. 만약 나쁜 일이 자꾸 머리를 치켜든다면 단호히 자신에게 타일러야 합니다. "너는 지금 스스로 불행을 자초하려는가"라고 말입니다. 이 말은 특별히 대학 입시를 27일 남겨 둔 지금 시점에는 더욱더 필요한 말입니다. 깊이 생각하고 마음에 담아 주십시오.

　특별히 오늘은 수험생들에게 찾아오는 네 가지 무서운 병에 대한 이야기를 하려 합니다. 바로 우울증, 신경성 두통, 위염, 그리고 디스크입니다. 이들은 대학 입시를 앞둔 여러분에게는 불청객일 수밖에 없습니다. 지금 여러분에게 찾아온 불청객은 어떻습니까? 다음의 글을 통해 확인해 보고 속히 그것들을 쫓아내기를 부탁드립니다.

　우리 나라 수험생들 가운데 4명 중 1명은 우울증을 가지고 있습니다. 우울증이란 한마디로 말해 희망 상실증, 목표 상실증, 꿈 상실증이라고 말할 수 있습니다. '어차피 난 이미 늦었어. 난 이미 안 돼. 그냥 될 대로 되라지'라는 마음으로 하루하루 보내다 보면 매사에 의욕이 사라지고 마음이 우울해지기 시작합니다. 별로 기쁘지도 않고 그냥 우울하기만 한 것입니다.

우울증이 오기 전에 우선 신경성 두통과 위염이 찾아옵니다. 부정적이고 두려운 생각들이 하나 둘씩 머릿속에서 집을 짓기 시작할 때, 이를 막지 못하면서 조금씩 머리가 아프고 소화가 잘되지 않는 것입니다. 두통과 위염은 공부에서 능률 저하를 가져오게 되고 여러분들은 그런 자신에게 화가 나 주변에까지 화를 내기 시작합니다. 머리는 점점 더 아파지고 속은 더 상하게 되는 것입니다.

이런 상황에 전에는 느끼지 못했던 허리 통증이 조금씩 느껴지기 시작합니다. 처음에는 그냥 뻐근할 정도지만 점점 통증이 심해집니다. 시험도 얼마 남지 않았는데 하면서 그냥 참다 보면 어느새 허리뿐만 아니라 목도 뻐근해집니다. 심지어 팔과 다리가 저리기 시작할 것입니다. 디스크가 시작된 것입니다.

이 네 가지는 마음이 허약해지기 시작하면서 생긴 병들입니다. 절대로 이 병들을 그냥 방치해서는 안 됩니다. 급속도로 몸과 마음을 죽이는 병들이기 때문입니다.

치료책은 두 가지로, 마음의 치료책과 육체의 치료책이 있습니다. 우선 마음의 치료가 중요합니다. 이 책에서 누누이 강조한 마음관리를 통하여 자신을 돌아보며 마음을 새롭게 관리해야 하는 것입니다.『다니엘학습 실천법』고3 부분을 꼭 읽으면서 확인하면 매우 유용할 것입니다.

허리 디스크의 경우 마음치료와 함께 물리치료를 병행해야 합니다. 초기에 잘 치료하지 않으면 고질병으로 자리 잡을 수 있습니다. 물론 시간은 걸리지만 병을 고치는 데 드는 시간을 아까워하지 마십시오. 건강을 잃으면 모든 것을 잃는 것과 같습니다. 적절한 시기를 놓치면 몇십, 몇백 배의 시간과 돈을 들여도 치료하지 못하고 후회해도 이미 늦은 것입니다.

여러분에게 찾아오는 몹쓸 병들을 치료하기 위해서 매일 마음관리 시간을 더욱더 알차게 가지기를 부탁드립니다. 시간을 통해 자신의 연약함과 부족함을 있는 그대로 받아들이고 그것을 얼싸안으십시오. 애써 부정하려고 하지 말고, 있는 그대로 인정하고 다시 시작하기를 부탁합니다. 아직 늦지 않았습니다. 역전의 기회는 긴 인생 속에서 늘 찾아옵니다. 조금만 더 힘내십시오. 그리고 남은 기간 더욱더 마음을 새롭게 하여 최선의 노력으로 임하길 간곡히 부탁드립니다.

26일 혹시 떨어지면 어떡하지?

일명 한센병이라고도 하는 문둥병의 병원균인 나균은 마취 주사와 같은 역할을 합니다. 문둥병은 상처를 통해 감염되는데, 일단 감염되면 통증도 느끼지 못하는 사이에 온몸이 흉한 모습으로 문드러집니다.

부정적 생각도 이와 마찬가지입니다. 처음에는 아주 작은 모습으로 우리 안에 침투합니다. 하지만 우리의 중추 신경을 마비시키고, 그런 다음 무서운 속도로 마음속을 헤집고 다닙니다. 지금 당장 부정적 생각이 들어오지 못하도록 입구를 막으십시오. 그리고 이미 들어와 있는 부정적 생각은 몽둥이 찜질해서 냉큼 쫓아내십시오.

입시가 다가오면 올수록 부정적인 생각은 꼬리에 꼬리를 물고 끊임없이 나의 머릿속으로 헤집고 들어옵니다. 공부하다가도, 잠시 쉬는 시간에도, 텔레비전을 볼 때에도, 잠을 잘 때에도, 화장실에 있을 때에도 인정사정 봐 주지 않고 찾아옵니다. 문제는 이놈에게 한번 감염되기 시작하면 치료약을 딱히 구하기 어렵다는 것입니다.

부정적인 생각의 파괴력을 두려워하십시오. 아무리 작은 부정적 생각이라도 허용해서는 안 됩니다. '나 혹시 이번에 떨어지면 어떡하지?', '나 혹시 이번에 또 떨어지면 어떡하지?',

'점수가 잘 나올 수 있을까? 생각만큼 그동안 열심히 준비 못했는데…', '아마도 난 떨어질 거야. 아, 어쩌지? 그냥 죽고 싶다'라고 생각하고 있지는 않습니까? 당장 버리십시오.

만약 그동안 성실하게 공부하지 않아 준비를 제대로 못했는데, 실력 이상의 대학을 가고 싶어 한다면 그런 분들은 떨어지는 것이 당연합니다. 30일 잘 정리한다고 해서 100점, 200점이 오르진 않기 때문입니다. 하지만 남은 기간 마음관리와 몸관리 그리고 부족한 부분의 보완만 잘할 수 있다면 몇십 점은 충분히 오를 수 있습니다. 그 정도면 어느 정도 역전의 가능성이 충분히 있는 점수입니다.

지금 현재 내가 공부해야 하는 일에만 집중하십시오. 아직 포기할 때가 아닙니다. 부정적 생각의 수렁에 빠져 중도 포기해서는 안 됩니다. 더 이상 부정적 생각을 허용해서는 안 됩니다. 노력할 수 있는 남은 시간이 있다는 것만으로도 참 감사한 일인 것입니다. 오늘부터 새롭게 뜻을 정해 더욱 열심히 입시 마무리하길 부탁드립니다.

25일 돋보기 사고

시험이 다가오면 올수록 많은 생각들이 여러분을 찾아올 것입니다. 그럴수록 지금 현재 내가 공부해야 하는 일에만 집중하라고 어제 여러분께 말씀드렸습니다. 인생에서 중요한 관문을 통과하는 시점에서 하루하루 자신의 자리를 지킨다는 것이 쉬운 일은 아닙니다. 하지만 힘들어도 최선의 노력을 다하려는 여러분의 모습이 참 아름답습니다.

다음은 공부에 힘들고 지친 여러분들에게 잠시 자신을 돌아보게 해 줄 수 있는 한 노동자의 이야기입니다.

배를 해체해서 고철로 만드는 회사에 짐이라는 노동자가 근무했습니다. 짐은 회사에서 막일을 하면서도 마음속 깊은 곳에 치과 의사가 되겠다는 꿈을 가지고 있었습니다. 힘든 일을 하면서도 그는 퇴근 후 야간 대학을 다니면서 준비했습니다. 그렇게 하기를 5년, 그는 드디어 치과 대학에 진학하게 되었고 얼마 전에는 치과 의사 자격 시험에도 합격하게 되었습니다. 고철 회사 막벌이꾼이 치과 의사가 된 것입니다.

어려운 환경 속에서도 꿋꿋이 자신의 꿈을 버리지 않고 묵묵히 노력하는 사람들이 우리 주변에 많이 있습니다. 이런 사람들의 공통점이 무엇인지 압니까? 바로 자신의 꿈을 버리지 않고 끝까지 그 꿈을 바라보며 자신이 가진 힘을 집중하여 지속적으로 쏟았다는 것입니다. 돋보기가 태양열을 한곳으로 모이게 하여 종이를 태우는 것처럼 자신이 가진 능력과 힘을 분산시키지 않고 자신의 꿈을 이루기 위해 절제하고 노력했다는 것입니다.

하루하루 시험이 다가오고 있습니다. 지금 여러분이 생각해야 할 것은 남은 기간 내가 할 수 있는 최선의 노력을 오늘 하루도 했느냐 못 했느냐 입니다. 오늘 해야 할 싸움은 바로 그 싸움입니다. 남과의 싸움이 아니라 자기 자신과의 싸움인 것입니다. 그 과정을 통해야만 비로소 여러분이 더 큰 인재로 성장할 수 있는 것입니다. 힘들겠지만 조금만 더 힘내기를 부탁드립니다.

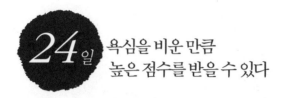
24일 욕심을 비운 만큼
높은 점수를 받을 수 있다

"아! 선생님 질문이 있는데요? 만약 그날 해야 할 공부를 그날 다 못 끝낼 경우, 자기가 세운 계획 시간을 초과하여 더 공부를 해야 하나요? 아니면 그냥 자야 하나요?"

"결론만 간단히 말씀드리자면 마음을 비우고 다음 날을 위해 정해진 시간에 잠을 자도록 하는 것이 좋습니다."

"선생님, 그렇게 되면 공부할 분량을 다 끝내지 못했기에 마음이 더욱 불안하고 초조해져서 잠이 잘 안 오던데요. 차라리 그럴 바에는 잠을 덜 자고 공부하는 것이 낫지 않을까요?"

"예, 맞는 이야기입니다. 하지만 이 이야기는 대학 입시가 30일 남은 시점에서는 통하지 않습니다. 지금의 공부는 양의 공부가 아니라 질의 공부이기 때문입니다. 새로운 것을 공부해야 하는 시기가 아니라 기존에 배운 것들 중에서 내가 취약한 부분을 다시 확인하고 보완하기에도 짧은 시간인 것입니다. 그렇기 때문에 어느 하루 욕심을 내어 더 공부한다고 하면 입시 마무리를 하는 이 중요한 시기에 생활 리듬이 흐트러져, 다음 날 공부가 제대로 이루어지지 않게 됩니다. 따라서 대학 입시 마무리 공부에서 여러분이 꼭 기억해야 할 것은 욕심을 비우고 틀린 문제 위주로 그동안 공부한 것을 잘 정리하는 것에 초점을 둬야 한다는 것입니다."

오늘 하루도 힘든 하루가 될 것입니다. 하지만 중도 포기해서는 안 됩니다. 끝까지 마음을 잘 관리하고 입시 당일 최선을 다할 수만 있어도 수십 점의 점수가 오를 수 있습니다. 무엇보다 마음을 지키십시오. 생활 리듬을 잘 유지하십시오. 입시 당일 최상의 컨디션으로 시험을 볼 수 있도록 준비하십시오. 그것이 입시라는 높은 산을 오르는 데 꼭 필요하다는 것을 잊지 않길 바랍니다.

23일 습관의 힘

나는 언제나 당신 곁을 떠나지 않는 동반자.

나는 당신의 가장 충실한 조언자일 수도 있고, 가장 무거운 짐일 수도 있습니다.

나는 당신을 밀어올릴 수도 있고 아니면 실패의 나락으로 끌어내릴 수도 있습니다.

당신은 당신이 하는 일 가운데 절반을 나한테 떠넘길 수 있습니다.

그러면 나는 순식간에, 그리고 정확하게 해치웁니다.

나를 다루는 일은 쉽습니다. 나를 꽉 붙잡고 있기만 하면 됩니다.

일을 어떻게 했으면 좋은지 정확하게 보여만 주십시오.

몇 번만 연습하면 나는 자동으로 해냅니다.

나는 모든 위인의 하인입니다.

하지만 실패자의 하인도 됩니다.

위대한 사람이라면 나는 위인을 만들어 냅니다.

실패자라면 나는 실패자를 만들어 냅니다.

나는 기계처럼 정확하게 움직이지만 그렇다고 기계는 아닙니다.

인간의 지성을 가지고 있을 따름입니다.

당신은 나를 움직여 이득을 볼 수도, 파멸을 맞을 수도 있습니다.

어느 쪽이든 나한테는 아무 상관도 없습니다.

나를 꽉 붙잡고 훈련시키십시오.

그러면 당신에게 이 세상을 드리겠습니다.

나를 편히 놓아주시면 당신을 파멸로 인도할 것입니다.

나는 바로 '습관'입니다.

작자미상

인간은 좋아하든 싫어하든 습관의 동물입니다. 습관의 관성 때문에 목표에 이르지 못하고 편한 상태에 안주하고 마는 일이 있기도 하지만 습관 자체가 반드시 나쁜 것이라고는 할 수 없습니다.

우리는 매 순간 의식적인 결정을 내려야 합니다. 세상에 저절로 이루어지는 일은 하나도 없습니다. 아침에 일어나 이를 닦고 머리를 손질하는 일부터 모두 다 생각을 해야만 합니다. 그런데 우리의 행동 전부가 의식의 차원에서 결정되어야 한다면, 우리는 처리해야 할 엄청난 양의 정보에 마비되어 아무것도 제대로 할 수가 없게 될 것입니다. 여기서 습관은 우리에게 그 수많은 일을 과중한 정신적 부담 없이 처리할 수 있게 해주는 것입니다.

다만 습관에 관한 한 가지 문제만은 여전히 남습니다. 즉, 좋은 습관을 몸에 붙일 것인가, 아니면 나쁜 습관에도 만족하고 말 것인가 하는 것입니다. 이것은 분명 선택의 문제입니다. 위의 시처럼 우리는 습관을 하인으로 만들 수도 있고, 주인이 되도록 놓아둘 수도 있는 것입니다.

　이제 입시 30일 마무리 작전도 일주일이 지났습니다. 그동안 매일 꾸준히 마음을 관리하며 좋은 습관을 훈련해 온 학생들이라면, 하루하루 긴장되고 힘은 들지만 마음은 점점 여유가 있게 될 것입니다. 하지만 그렇지 못한 친구들에게는 하루하루 힘들고 괴로운 시간들이 될 것입니다. 오늘부터라도 새롭게 마음을 가다듬고 입시 마무리를 위해 좋은 습관을 하나씩 실천해 보십시오. 아직 23일이나 남았습니다. 무리한 계획보다는 내가 할 수 있는 계획부터 차근차근 마무리하시길 부탁드립니다.

22일 무엇이 담겨 있나요?

히틀러의 마음속에는 무엇이 있었는지 알 수 있을까요? 물론 알 수 있습니다. 히틀러가 쓴 『나의 투쟁』이 있기 때문입니다. 히틀러는 그 책에서 자신이 옳다고 믿는 신념에 대하여 상당히 자세하게 써 놓았습니다.

『나의 투쟁』에서 그는 인종에 등급이 있다고 생각하고 있습니다. 그의 생각에 따르면 세상에는 우수한 인종과 열등한 인종이 있다고 합니다. 가장 우수한 인종은 아리안으로 이 세상의 주인이 될 운명을 가지고 태어났으며, 가장 열등한 인종은 유태인과 흑인으로 모든 문명의 사악함과 해악의 뿌리가 바로 그들이라고 합니다. 히틀러가 마음속에 그런 믿음을 가지고 있었다는 사실은 제2차 세계 대전 당시 그가 저지른 대량 학살로 증명됐다고 할 수 있습니다. 대량 학살은 그릇된 마음이 빚어 낸 결과였던 것입니다.

여러분의 마음속에는 무엇이 담겨 있습니까? '내가 원하는 대학, 학과에 못 가면 난 죽어 버릴 거야.', '내가 원하는 점수가 나오지 않으면 창피해서 어떻게 살아.' 혹시 이런 생각들이 마음속에 담겨져 있지는 않습니까?

만약 그렇다면 그런 마음들은 어서 휴지통에 던져 버리십시오. 대학 입시는 인생의 종착지가 아닙니다. 더 큰 꿈을 이루기 위한 하나의 과정일 뿐입니다. 너무 코앞만 보지 말고 조금만 더 길게 보십시오. 아직 여러분은 얼마든지 다시 시작할 가능성과 기회가 있습니다. 실패를 할 수는 있지만 그것이 인생의 실패는 아닌 것입니다. 얼마든지 다시 뜻을 정해 꿈을 바라보며 도전할 수 있는 것입니다. 자살한다면 더 이상의 기회가 없다는 것을 잊지 마십시오.

날씨가 많이 추워집니다. 건강관리 특별히 유의하면서 오늘 하루도 정직하게 최선을 다하길 바랍니다.

21일 차선은 최선의 가장 큰 적

제리 펄시퍼는 고등학교를 졸업하고 대학에 들어갔습니다. 그런데 그때는 소련이 최초의 인공위성 스푸트니크호를 쏘아 올려 우주 개발 경쟁에서 미국을 따돌린 시기였습니다. 그래서 미국에서는 더 많은 엔지니어와 과학자가 나와야 한다는 애국적 발언이 줄을 이었습니다. 마침, 제리는 지질학에 흥미를 가지고 있었던 터라 자신이 과학 분야를 전공해 지질학자가 되어야 한다고 믿었습니다.

그러나 고등학교 시절에는 우등생이었던 그가, 며칠 밤을 새워 가며 공부한 화학과 수학에서 낙제하고 말았습니다. 문제는 이 두 분야가 지질학에 필수적이라는 것이었습니다. 다음 학기가 되었을 때 그는 무의미한 시도를 반복하는 대신, 자신이 진정으로 원하는 것이 무엇인지에 대해 다시 생각해 보기로 했습니다. 그동안 그는 단순한 흥미와 시기적절함을 이유로 반드시 지질학자가 되어야 한다고 믿어 왔기 때문입니다. 그는 더 깊숙이 냉철하게 자신을 들여다보았습니다. 그 결과 그는 자신이 진정으로 원하는 것이 지질학자가 되는 것이 아니라는 것을 발견하게 되었습니다.

그가 진정으로 원하는 것은 글쓰기, 미술, 그리고 음악이었습니다. 제리는 저널리즘을 전공으로 예술을 부전공으로 하기로 결심했고, 그는 우등생이 되었습니다. 그는 후일 집필과 회화 분야로 진출해 엄청난 공헌을 하게 되었습니다. 진정으로 자신이 하고자 하는 일을 함으로써 그는 자신의 욕구를 만족시키고, 나아가 마음의 평화와 진정한 행복을 맛보게 된 것입니다.

정말 여러분이 하고 싶은 일은 무엇입니까? 어머니, 아버지, 혹은 선생님 등 주변 사람들이 내게 바라는 일 말고, 진정으로 여러분이 하고 싶은 일은 무엇입니까?

많은 수험생들이 자신이 정말 하고픈 일이 무엇인지도 모른 채 막연히 인기 대학, 인기 학과에 가고자 합니다. 안정된 수입이 보장되고 세상에서 인정받을 수 있는 직업이라면 꼭 하고 싶은 일이 아니더라도 선택합니다. 하지만 그런 식으로는 별로 행복하지 않습니다.

여러분에게는 아직 얼마든지 미래를 선택할 권리가 있습니다. 또한 다른 사람이 여러분의 인생을 대신 살아 줄 수 없습니다. 차선을 선택하지 마십시오. 인생의 진정한 행복은 다른 사람의 평가에서 나오지 않습니다. 내가 평생 직업으로 삼아도 할 수 있는 그런 일을 택하십시오. 저 역시 그럴 것입니다. 아직 그런 일이 없다면 지금부터 신중히 마음관리 시간을 이용하여 찾고 또 찾으십시오. 무엇보다 나 자신이 정말 원하는 것이 무엇인지를 잘 봐, 용기 있는 선택을 하기 바랍니다.

진정한 리더가 되기 위해서는 먼저 나 자신을 제대로 알아야 합니다. 내가 진정으로 원하는 것을 할 때 나의 숨겨진 재능이 마음껏 발휘될 수 있습니다. 그 분야의 최고인 사람들은 단순히 최고 학벌의 사람들만이 아닙니다. 최고 대학을 나오지 않아도 정말 자신이 좋아하는 일이기에 목숨 걸고 집중할 수 있으며, 자신의 분야에서 성공하고 후배들의 존경을 받을 수 있는 것입니다.

대학 입시가 하루하루 다가옵니다. 내가 조급하고 초조하면 남들도 그렇습니다. 대부분의 수험생들이 불안과 초조 속에서 하루를 보냅니다. 이런 상태로는 정상적인 공부가 힘듭니다. 그럼에도 불구하고 나름대로 최선을 다해 노력하는 것이 중요합니다.

무엇보다 매일매일의 마음관리를 소홀히 하지 마십시오.

아무리 바쁘고 힘들고, 해야 할 것이 많더라도 입시가 다가올수록 마음관리 시간은 가져야 합니다. 그 시간은 늘어나면 늘어났지 줄어들어서는 안 됩니다.

오늘도 힘든 하루가 될 것입니다. 하지만 여러분의 꿈과 희망을 바라보며 극복하길 바랍니다.

20일 아직은 후회하면 안 된다

대학 입시가 하루하루 다가올수록 묘한 긴장감이 듭니다. 불안하면서도 한편으로는 공부할 때 왠지 집중이 잘되는 것을 느끼게 될 것입니다. 스스로 놀랄 정도로 공부가 잘되는 것을 발견할 것입니다. 그럴 때 학생들은 두 가지 반응을 보입니다. '어, 왜 이러지? 이렇게 공부가 잘될 리가 없는데. 이상하네. 공부가 이렇게 잘될 줄 알았으면 진작 미리미리 공부할 걸. 그랬으면 무난하게 목표하는 대학에 갈 수 있는 실력도 됐을걸. 안타깝다. 에이, 속상해' 하는 친구들이 있는가 하면 어떤 친구들은 '그래, 지금부터 남은 시간 최선을 다해 계속 이런 상태로 공부하자. 아직 늦지 않았어. 난 할 수 있어. 후회는 시험 끝나고 해도 늦지 않아. 지금은 내가 해야 할 공부를 마치는 것만 집중해야지'라고 생각하는 친구가 있습니다.

사랑하는 후배들. 지금부터는 어떤 생각이 여러분에게 파고들더라도 제일 먼저 현재 내가 할 공부에만 집중해야 합니다. 과거의 일을 후회하지 말고 앞으로 할 바를 생각하십시오. 내가 우선 마쳐야 할 공부에만 집중하고 또 집중하도록 힘쓰십시오. 오늘부터는 이 생각만 가지고 공부하십시오. 내가 세운 공부 계획에 따라 오늘 마쳐야 할 공부를 끝냈느냐 못 끝냈느냐에 집중하길 부탁드립니다.

　오늘도 힘들지만 마음을 다독이며 잠자는 순간까지 열심히 합시다.

19일 장벽을 무너뜨려라

1947년 10월 14일, 조종사 척 이거는 "보이지 않는 장벽"으로 알려져 온 음속의 한계를 돌파함으로써 마침내 초음속 비행의 시대를 열었다. 당시에는 저명한 과학자들 중에는 음속의 한계는 결코 깨뜨릴 수 없다는 확실한 증거를 가지고 있는 이들이 있었다. 다른 과학자들 역시 마하 1의 속도에서는 조종사와 비행기 모두 산산조각이 날 것이라느니, 혹은 조종사는 목소리를 잃고 나이를 거꾸로 먹으며 또 극심한 충격을 받을 것이라느니 섬뜩한 예견들을 하던 터였다. 그러나 이거는 그 역사적인 날 조금도 주저하지 않고 벨 항공의 X-1기에 탑승하여 시속 700마일(마하 1.06)로 비행하는 데 성공했다. 뿐만 아니라, 그는 3주 후 마하 1.35로 비행했고, 6년 후에는 다시 시속 1,612마일(마하 2.44)이라는 믿을 수 없는 속도로 하늘을 날았다. 그동안 고정관념처럼 확고해진 음속의 한계에 대한 신화가 철저하게 무너져 내리는 순간이었다. 이거는 자서전에서 그 순간을 이렇게 회고했다.

"속도가 빨라질수록, 비행은 오히려 더 편안하게 느껴졌다. 갑자기 마하를 가리키는 바늘이 움직이기 시작했다. 바늘은 마하 0.965에 도달했고, 곧 속도계의 오른쪽 끝으로 기울었다. 나는 마치 환상 속에 있는 기분이었다. 나는 그때 초음속으로 날고 있었다. 하지만 비행감은 어린 아기의 엉덩이만큼이나 부드러웠다. 그런 편안함이라면 나이 든 할머니라도 비행기에 앉아서 자기 집 안방에서처럼 레모네이드를 즐길 수 있으리라!

그러나 이 놀라운 성취 앞에서 나는 약간 어안이 벙벙했다. 그토록 염려를 하고 그토록 기대를 했건만, 막상 음속을 돌파하고 나니 오히려 실망스러움이 느껴졌다. 미지의 것이었던 음속의 장벽을 무너뜨리는 것은 포크로 젤리를 가르는 것처럼, 마치 잘 포장된 도로를 달리는 것 정도로 밖에 느껴지지 않았으니 말이다.

나는 훗날 그때의 임무가 왜 실망스럽게 끝날 수밖에 없었는지를 깨달았다. 그건 진정한 장벽은 하늘에 있었던 것이 아니라, 단지 초음속 비행에 관한 인간의 지식과 경험의 한계 때문이었던 것이다."

'음속의 장벽'은 이미 무너졌지만, 우리는 아직도 진보를 가로막고 있는 더 엄청난 장벽에 직면하고 있습니다. '마음의 장벽'이 바로 그것입니다. '난 아무래도 이번 시험 못 볼 거야. 자꾸 불안해지고 공부는 안 되고. 정말 힘들어. 집에서는 재수 안 시켜 준다는데 어떡하지? 이대로 주저앉기는 죽어도 싫은데….' 이런 생각들이 바로 마음의 장벽이랍니다.

제가 가르치는 공부방에는 가난한 학생들이 참 많습니다. 그중에 어떤 학생은 노량진 학원에서 칠판을 지우며 근로 학생으로 공부하고 있습니다. 부모님이 많이 기대했는데 세 번이나 시험에서 떨어졌습니다. 나름대로 열심히 준비했는데 매번 시험에서 실패했습니다. 그런데 놀라운 것은 남들은 시험에서 몇 번 떨어지면 매사에 주눅 들어서 스스로 세상과 높은 담을 쌓고 자기 연민에 빠지곤 하는데 이 학생은 하루하루 활기차게 생활합니다. 옆에서 보고 있는 제가 힘을 얻을 정도입니다. 자신의 실패를 마음의 장애물로 만들지 않고 오히려 더욱더 강해지는 그 친구를 보면서 꿈을 포기하지 않는 사람의 진정한 힘을 보게 되었습니다.

사랑하는 귀한 후배들. 저 역시 건강이 좋지 않아 삶을 포기하고 싶을 때가 종종 있습니다. 내 한 몸 추스르기도 힘든데 내가 무슨 남에게 도움을 줄 수 있겠냐는 생각이 들 때도 있습니다. 하지만 저에게는 포기할 수 없는 꿈이 있습니다. 그래서 오늘도 힘들지만 용기와 힘을 내어 다시 시작합니다. 주어진 시간을 최대한 꿈을 이루는 데 사용하고자 몸부림칩니다. 아마도 여러분이 제가 노력하는 것만큼 입시 마무리를 한다면 수십 점은 오를 거라 확신합니다. 저는 입에서 단내가 날 정도로 열심히 삽니다. 왜냐고요? 선배가 먼저 행동으로 보여 주어야 한다고 생각하기 때문입니다. 희망 공부방 학생들 앞에서 떳떳하게 해 주고 싶은 말은 선생님도 힘들지만 주어진 시간을 열심히 살아서 이만큼 할 수 있다는 것입니다.

지금 여러분이 가지고 있는 마음의 벽들은 무엇인가요? 주변 누군가가 여러분에게 끊임없이 부정적 평가를 내릴 수 있습니다. 하지만 그것에 개의치 마십시오. 여러분의 높은 꿈과 목표 그리고 희망을 바라보며 묵묵히 오늘도 나아가십시오. 올해 안 되면 내년에 더 열심히 해서 준비하면 됩니다. 그럴 형편이 안 되면 점수에 맞게, 원하는 대학은 아니지만 원하는 학과에 가서 거기서 승부를 걸면 됩니다.

중요한 것은 자신의 의지입니다. 아직 포기할 때도, 낙심할 때도 아닙니다. 큰 시험이 다가오기에 순간 불안해지고 답답해질 수는 있지만 그런 마음이 계속 여러분을 지배하도록 방치하지 마십시오. 이 시험은 그저 자신의 꿈을 이루기 위해 거쳐야 하는 의례일 뿐입니다. 오늘도 새롭게 힘을 내십시오. 매일 결심하고 시작하십시오. 반드시 좋은 결과가 있을 것입니다. 힘들지만 최선을 다하려는 여러분이 자랑스럽습니다. 사랑합니다. 멋진 후배들.

18일 화를 참아라

공부하다가 공부가 잘되지 않을 때는 정말 화가 납니다. 자신에게만 화가 나는 것이 아니라 주변 사람들에게도 화를 내기 쉽습니다. 자기를 위해 늘 걱정하는 부모님이나 형제자매에게, 친구에게 사소한 일로 마음에 상처 주는 말을 하게 됩니다. 또 한번 화를 내고 끝내면 좋은데 그동안 공부 때문에 받은 스트레스를 엉뚱한 곳에서 화를 내며 풀게 됩니다. 이런 식으로 화를 풀게 되면 그날 공부는 정상적으로 하기가 어렵습니다. 가족들 간의 사이도 냉랭해집니다. 물론 수험생이기에 이해는 하지만 그래도 상처는 남습니다. 자신 때문에 생긴 화를 남에게 풀지 마십시오.

좀 무식하게 들릴지 모르겠지만 저의 경험을 말씀드립니다. 그런 식으로 스트레스를 풀려면 차라리 그날 공부를 하지 말고 보고 싶은 비디오, 영화, 만화책을 실컷 보십시오. 아니면 좋아하는 음악을 들으면서 한두 시간 무작정 걸어 보세요. 설사 대학에 떨어지더라도 가족이나 가까운 사람에게 상처 주는 일들은 하지 마십시오. 대학 시험은 일 년에 한 번 있습니다. 매년 역전의 기회가 있습니다. 하지만 내가 누군가의 마음속에 준 상처는 평생 갈 수도 있습니다.

화를 내게 되면 온몸에 아드레날린이 분비되면서 쉽게 지치고 공부에 집중이 될 수가 없습니다. 쉬면서 머리를 식힌 다음 기분 좋게 공부하는 것이 좋습니다. 그것이 훨씬 더 지혜로운 방법입니다. 입시 마무리 특별 기간 동안 여러분이 얼마큼 화를 참고, 내지 않느냐에 따라 점수도 좌우될 수 있다는 점을 꼭 명심하기 바랍니다. 친한 사이일수록 더 잘해야 합니다.

오늘 하루도 힘들어도 한 번 더 참고 파이팅입니다.

17일 탁월한 자신만의 재능을 계발하라

아름다운 한 여인이 파리의 한 카페에 앉아 있는 파블로 피카소Pablo Picasso에게 다가와 자신을 그려 달라고 부탁했습니다. 물론 적절한 대가는 치르겠다고 말했지요. 피카소는 몇 분만에 그녀의 모습을 스케치해 주었습니다. 그리고 50만 프랑(약 8천만 원)을 요구했습니다. 액수를 듣고 놀란 여인이 항의했습니다. "아니, 선생님은 그림을 그리는 데 불과 몇 분밖에 쓰지 않았잖아요?" 피카소가 대답했습니다. "천만에요. 나는 당신을 그리는 데 40년이 걸렸습니다."

놀라운 이야기입니다. 피카소는 그 여인을 그리기 위해 40년이나 준비해 온 것입니다. 긴 시간입니다. 진정한 거장은 한

순간에 이루어지는 것이 아닙니다. 끊임없이 준비하고 노력하고 또 해야 합니다. 그렇게 해도 부족할 수도 있습니다. 그러니 남들과 똑같이 해서는 어떤 분야에서든 대가가 될 수 없겠죠. 하지만 그래도 자신의 꿈을 바라보며 달려 가는 사람은 위대합니다. 대학 입시는 여러분의 인생에서 큰 시험 중의 하나입니다. 하지만 여러분이 대학에 들어가고 어른이 되면 알게 될 것입니다. 세상에는 대학 입시보다 더 중요하고 어려운 시험들이 아주 많다는 것을. 그래서 저는 가끔 고등학교 때가 그리워지기도 합니다. 물론 힘들고 어려운 기간이었지만 단순하게 공부만 하던 때였기에 그립답니다. 어른이 되면 입시보다 어렵고 힘든 문제가 많습니다.

사랑하는 후배들. 인생을 좀더 길게 보십시오. 좀더 넓게 보십시오. 대학 입시는 꿈을 향한 하나의 정거장일 뿐입니다. 실패를 두려워하지 말고 주어진 시간을 얼마나 잘 사용했느냐 못 했느냐를 두려워하십시오. 이미 대학 입시는 매일매일 여러분의 삶 속에 조금씩 나누어져 치러졌답니다. 하루하루 공부한 것이 쌓여 입시 결과로 나타나기 때문입니다. 더 큰 꿈과 희망을 바라보며 시험을 준비하십시오.

40년간 준비한 피카소를 생각하며 저도 열심히 준비해야겠습니다. 오늘도 모든 일에 감사하고 웃음을 잃지 마세요.

16일 누구나 떨어질 수 있다

"나는 절대로 대학 시험에서 떨어지지 않을 거야. 난 반드시 합격할 거야." 이렇게 마음을 먹지만 누구나 시험에서 떨어질 수 있습니다. 중요한 것은 실패한 이후 어떻게 행동할 것인가 입니다. 진정한 리더는 완벽한 사람을 의미하지 않습니다. 실패를 인정하고 자신을 돌아본 다음 뜻을 정해 다시 시작하는 사람입니다. 열 번 실패했으면 열한 번째도 새롭게 시작할 줄 아는 사람입니다.

저는 개인적으로 링컨A. Lincoln을 참 좋아합니다. 초등학교 때 읽은 링컨 위인전이 아직도 눈에 선합니다. 가난한 집안에서 태어난 링컨은 인생의 매 순간마다 실패와 마주쳐야만 했습니다. 그는 무려 여덟 번이나 선거에서 패배했으며, 두 번이나 사업에 실패했고, 신경 쇠약증으로 고통받았습니다.

링컨은 수없는 실패로 인해 도중에 포기하고 싶을 때가 많았을 겁니다. 그러나 그는 그렇게 하지 않았습니다. 중도 포기하지 않고 끝까지 자신의 꿈과 희망을 바라보며 나아갔기에 그는 미국 역사상 가장 위대한 대통령이 될 수 있었습니다. 아래에 있는 링컨의 실패와 도전을 한번 읽어 보십시오. 여러분에게 아주 큰 힘이 될 것입니다.

1816년 가족이 집을 잃고 길거리로 쫓겨남.

1818년 어머니 사망.

1831년 사업에 실패.

1832년 주 의회에 진출하려 했으나 선거에서 낙선.

1832년 직장을 잃고 법률 학교에 입학하고자 했으나 실패.

1833년 친구에게 빌린 돈으로 사업을 시작했으나, 연말에
　　　완전히 파산. 이때 진 빚을 갚는데 17년이 걸림.

1834년 다시 주 의회에 진출을 시도해 성공.

1834년 결혼을 하기로 했으나 약혼자가 갑자기 사망함.
　　　마음에 큰 상처를 받음.

1836년 극도의 신경 쇠약증에 걸려 병원에 6개월간 입원.

1838년 주 의회 대변인 선거에 출마했으나 패배.

1840년 정부통령 선거 위원에 출마했으나 패배.

1843년 미국 하원 의원 선거에 출마했으나 패배.

1846년 또다시 하원 의원 선거에 출마해, 이번에는 성공.
　　　워싱턴으로 간 그는 좋은 일자리를 구함.

1848년 하원 의원 재선거에 출마했으나 패배.

1849년 고향으로 돌아가 국유지 관리인이 되고자 했으나
　　　받아들여지지 않음.

1854년 미국 상원 의원 선거에 출마, 패배.

1856년 소속 정당의 대의원 총회에서 부통령 후보 지명전
　　　에 출마했으나 100표 차이로 패배.

1858년 다시 상원 의원에 출마, 또 패배.
1860년 미국 대통령에 선출.

링컨이 상원 의원 선거에서 낙선한 뒤 이런 말을 했습니다.

내가 걷는 길은 험하고 미끄러웠다. 그래서 나는 자꾸만 미끄러져 길바닥 위에 곤두박질치곤 했다. 그러나 나는 곧 기운을 차리고 자신에게 이렇게 말했다.

"길이 미끄럽긴 해도 낭떠러지는 아니야."

사랑하는 후배들. 인생을 살다 보면 누구나 실패할 수 있습니다. 반복된 실수도 할 수 있습니다. 중요한 것은 실패 이후에 어떻게 뜻을 정해 살아가느냐의 문제입니다. 끝까지, 될 때까지 도전하십시오. 포기할 때가 아닙니다. 힘을 내셔야 합니다.

15일 달근이 형

엊그제 저녁으로 열무냉면을 먹었습니다. 아주 오랜만에 먹은 열무냉면이었습니다. 냉면을 먹으면서 떠오르는 사람이 있었습니다. 달근이 형. 재수 학원에서 만난 형입니다. 그때 형은 이미 오수생이었습니다. 매일 낡은 청바지에 파란색 티셔츠. 자주 감지 않아 기름이 쫙 낀 머리. 무엇보다 형의 트레이드 마크는 속옷을 입지 않는다는 거였습니다. 형은 그 이유를 빨래하기 귀찮고 정력이 감퇴되는 것도 막기 위함이라고 했답니다.

오로지 자신은 서울대 법학과를 가기 위해 공부한다는 형. 실력은 뛰어난데 번번이 시험에서 떨어졌습니다. 형은 매달 중순쯤 되면 집에서 준 생활비가 바닥나기 시작합니다. 그러면 어느새 제 옆자리에 와 있습니다. 나를 보고 싱긋 웃으며 학원 옥상에서 파는 열무냉면 먹으러 가자고 합니다. 형은 냉면을 먹으면서 냉면 값 대신이라면서 그동안 살면서 터득한 '달근이 특급 지혜'를 먹는 내내 이야기합니다.

무척 쾌활한 형이었지만 지금 생각하니 외로웠던 것 같습니다. 저 역시 넉넉한 편이 아니었지만 다른 데 아껴서라도 달근이 형과 함께 열무냉면을 먹으려 했답니다. 저도 몸이 아프고 힘든 상태였기에 누군가에게 마음 터놓고 이야기하고 싶었으니까요. 그때 형과 많은 이야기를 했던 것 같습니다. 물론 우리들 사이에는 늘 열무냉면 두 그릇이 있었습니다. 돈이 모자랄 땐 냉면 한 그릇으로 족했습니다. 태어나서 그때만큼 열무냉면을 자주 먹어 본 적이 없었습니다.

벌써 시간이 꽤 흘렀네요. 그 시절과 형이 무척 그립습니다. 달근이 형은 아직도 감지 않은 머리에 속옷을 입지 않고 다닐까요? 저는 그때 많이 힘들고 괴로워서 그만두고 싶었지만 좋은 친구가 있어 잘 버틸 수 있었답니다.

사랑하는 후배들. 여러분에게도 이런 친구가 있는지요? 내 곁에 있는 친구의 소중함을 쉽게 잊어버리기 쉽지만 그 가치는 시간이 흐를수록 빛을 발한답니다.

참 이상한 것은 그때 학원 옥상에서 먹던 열무냉면 맛을 이제 어디에서도 맛볼 수 없다는 겁니다. 그 맛을 다시 보고 싶은데…. 저도 어른이 되어 가나 보네요.

오늘 하루 공부도 힘들 겁니다. 불안하고 초조하기도 할 겁니다. 뜻을 정했어도 순간순간 부는 실바람에 휘청할 수도 있습니다. 그럴 땐 심호흡을 일단 크게 하면서 여러분의 목표와 꿈과 희망을 다시 한 번 떠올리세요. 그리고 공부도 중요하지만 인생에서 친구만큼 큰 재산은 없다는 것을 명심하고 내 옆에 있는 귀한 친구들의 미소로 위로와 격려를 받으세요.

사랑합니다. 귀한 후배들.

14일 당신은 비판을 이길 만큼 강한가요?

중요한 건 비판이 아니다. 누가 어떻게 비틀거렸으며 어디서 실수를 저질렀는가를 지적하는 것이 중요한 게 아니다. 중요한 것은 실제로 인생의 경기장에 뛰어들어 먼지와 땀과 피로 얼굴이 상처 입은 사람, 용감하게 재도전하고 연거푸 실수하고 모자랐다 해도 결코 포기하지 않는 사람, 자신의 일에 정열을 다 쏟는 사람, 또한 가치 있다고 생각하는 목적에 인생을 바치는 사람이다. 그는 성공과 결실을 거두었든 아니면 과감히 도전했으나 실패하고 말았든 자신이 결코 승리도 패배도 모르는 소심하고 무감각한 영혼이 아니라는 사실을 깨닫게 되리라.

시어도어 루스벨트 Theodore Roosevelt

대한민국을 바꿀 수 있는 사람은 팔짱을 끼고 누가누가 잘하나 못하나 흠 잡고 탓하는 사람이 아닙니다. 강 건너 불구경하듯 방관하는 구경꾼들이 아닙니다. 공부하는 것이 힘들고 괴롭겠지만 그것을 참아 내며 하루하루 묵묵히 인내하는 여러분이 되십시오. 승리든 패배든 열심히 한 사람들에게 있습니다. 아무것도 시도하지 않고 가만히 있다가, 아무것도 못한 사람에게 실패했다고 말합니까? 그런 사람에게는 실패란 말도 아깝습니다. 행동하고 시도하는 사람만이 깨어 있는 영혼을 가집니다. 그리고 승리한 사람이 되어서도 따뜻한 마음과 탁월한 실력, 둘 모두를 겸비한 사람이 되길 빕니다. 대한민국 곳곳에서 그런 인재들이 나왔으면 좋겠습니다. 고통받고 신음하는 사람들, 폐수로 죽어 가는 산과 강물, 중금속으로 오염된 땅들. 자기 안위만 생각하는 사람이 아니라 좀더 넓게 사람과 세상을 살필 줄 아는 사람이 되십시오.

여러분이 바쁜 시간을 내어 마음관리를 하고 최선을 다해 주어진 시간을 공부했다면 이미 대한민국은 살기 좋은 나라로 변하고 있습니다. 각자 조금씩만 자기 자리에서 최선을 다한다면 세계 일등 국가가 되겠지요. 최선의 몸부림만큼 아름다운 것은 없다고 생각합니다. 최선을 다했다면 여러분은 이미 성공자입니다. 힘들어도 마음을 가다듬고 앞을 향해 나아가십시오. 그래서 저는 미국의 자동차 왕, 헨리 포드를 무척 좋아합니다. 그의 위인전을 보면서 저도 꿈을 키웠지요. 그 역시 수많은 좌절과 실패 속에서도 묵묵히 자신의 목표를 향해 나아간 사람입니다. 그는 이렇게 이야기 했습니다.

"장애물이란 당신이 목표 지점에서 눈을 돌릴 때 나타나는 것이다. 당신이 목표에 눈을 고정시키고 있다면 장애물이란 보이지 않는다."

사랑하는 후배들. 오늘도 아무리 힘들고 괴로워도 목표에 여러분의 눈을 고정시키십시오. 지금 하고 있는 불평, 불만이 과연 열심히 최선을 다하고 있는데도 나올 수 있을까요? 장애물만 탓하고 있거나 그것을 뛰어넘을 수 있을지 어떨지 고민만 해서는 아무것도 할 수 없습니다. 목표를 향해서라면 장애물도 거뜬히 뛰어넘고 힘들더라도 참고 달릴 수 있을 겁니다. 여러분은 '용감하게 재도전하고, 연거푸 실수하고, 모자란다 해도 결코 포기하지 않는 사람'이 되십시오. 정말 부탁드립니다. 그래서 꼭 21세기 대한민국을 변화시키는 진정한 리더로 성장해 주세요.

13일 나만이 아니다

어느 날 밤 한 남자가 마더 테레사Mother Teresa를 찾아와 말했습니다.

"아이들이 여덟 명이나 되는 가정이 있습니다. 그들은 너무 가난해서 벌써 여러 날 동안 아무것도 먹지 못했습니다."

마더 테레사께서 그 남자와 함께 그 집을 찾아갔을 때 아이들은 오랜 영양 실조로 얼굴에 뼈만 남아 있었습니다. 그러나 그들의 얼굴에 슬픔이나 불행 같은 건 없었습니다. 단지 배고픔의 고통만이 있을 뿐이었습니다. 그녀는 그 집의 어머니에게 쌀을 주었습니다. 그러자 쌀을 두 몫으로 나누더니 절반을 들고 밖으로 나가는 것이었습니다. 다시 돌아왔을 때 마더 테레사는 물었습니다.

"어딜 다녀왔습니까?"

그녀는 간단히 이렇게 대답하는 것이었습니다.

"이웃집에요. 그 집도 여러 날 굶어 배가 고프거든요!"

마더 테레사는 쌀을 나눠 준 것에 대해 놀라지 않았습니다. 가난한 사람들은 이웃과 더 많이 나눌 줄 아니까. 하지만 그녀가 놀란 것은 그 어머니가 이웃집도 배가 고프다는 사실을 알고 있다는 것이었습니다. 대개 자신이 고통을 받고 있을 때는 자신의 고통만을 생각하느라 다른 사람들의 고통에 대해서는 마음을 돌릴 여유가 없기 때문입니다.

올해도 대학 입시를 준비하는 학생들이 수십만 명입니다. 모두들 나름대로 각자 노력을 하고 있답니다. 힘들고 어려운 것은 단순히 나 혼자만이 아닙니다. 여러분 주변을 한번 둘러보세요. 더 어렵고 힘든 상황을 꿋꿋하게 견디면서 대입 마무리를 하고 있는 사람들도 많습니다. 공부에 전념하기만 해도 시간이 모자랄 텐데 여러 가지 집안 사정과 상황들로 인해 그렇지 못한 친구들도 있답니다. 비단 나만 힘든 것이 아닙니다. 내 배부르면 남 배고픈 줄 모른다고 했습니다. 힘든 상황을 겪어 본 사람일수록 자기도 힘들면서 자신보다 힘든 사람들을 돌아볼 수 있다는 것입니다. 인간이란 존재가 간사해서 자신이 직접 어려움을 당해 보지 못하면 남의 괴로운 심정을 이해할 수 없습니다. 직접 경험해 봐야 그 절박함과 어려움을 알아 다른 사람들의 고통을 내 일같이 여기고 여러모로 살피게 됩니다.

저 역시 그랬습니다. 대학에 떨어지고 시험을 다시 준비할 때 부모님께서 교통사고로 사경을 헤매고 계셨습니다. 정말 그때는 혼자 끝도 없는 구렁텅이에 떨어진 기분이었습니다. 대학 시험도 다시 준비해야 하고 내 허리 디스크도 치료해야 했고, 부모님 교통사고 뒤처리와 간호까지 겸해야 했습니다. 당시엔 몸이 열 개라도 모자랄 정도로 힘겨웠지요. 남들은 모두 순탄하게 살면서 공부에만 열중하는 것 같은데 왜 나만 이렇게 힘겨운 상황에 처했을까? 세상의 무거운 짐이 다 내 어깨 위에 얹혀진 기분이었지요. 왠지 나만 부당한 대우를 받는 것 같았습니다. 왜 하필 나에게 이런 고통이 찾아왔을까? 도대체 왜 나인가? 많이 울고 많이 괴로워했습니다. 그때 한동안 사는 것이 싫고 괴로웠습니다. 고통받으려고 태어난 운명 같았죠. 아침에 눈뜨는 것조차 싫었습니다. 병원에 가면 아버지가 깁스를 하고 누워 계시고 나도 허리가 아파 한 시간 이상 앉아서 공부하기가 힘든 상태였습니다. 또한 갑작스런 사고로 아버지가 사업을 쉬게 돼서 경제적으로도 어려웠습니다.

그때를 생각하면 지금도 눈물이 핑 돕니다. 그래도 꿈, 희망, 목표가 있었기에 이를 악물고 견뎠습니다. 허리가 너무 아파서 도중에 공부를 그만두고 싶었지만 참고 또 참고 공부했습니다. 그렇게 공부해서 대학에 들어간 다음, 병원에서 치료를 받을 때 의사 선생님이 무척 놀라셨습니다. 이런 상태로 어떻게 대학 시험을 마쳤냐면서요.

저는 고생한 만큼, 어려움을 당한 만큼, 다른 사람을 헤아릴 수 있다는 말이 진실임을 그때 몸소 배울 수 있었습니다. 공부방 일도 만약 내가 그런 고생들을 겪지 않았다면 시작하지 않았을 것입니다. 몸도 아프지만 계속 이 일을 하는 것은 어려움을 겪는 사람의 심정을 누구보다 잘 알기에 힘을 내는 것입니다.

힘들고 괴롭지요? 하지만 무엇이든 끝은 있답니다. 어두운 터널을 빠져나가면 새로운 세계가 펼쳐집니다. 믿음과 꿈으로 빛을 밝히고 터널을 나가십시오. 지금 열심히 최선을 다한다면 언젠가 즐겁게 이때를 그리워하게 될 겁니다. 조금만 참고 견디십시오. 반드시 기쁨이 찾아옵니다. 앞으로 사는 동안 겪게 될 문제에 비하면, 앞으로 찾아올 행복에 비하면 이것은 아무것도 아니랍니다. 나의 어려운 점만을 생각하는 사람이 아니라 나보다 더 어려운 친구들을 기억하며 대학 입시 마무리 잘하길 부탁드립니다.

12일 나의 아버지는 내가

앤 랜더즈의 아버지에 대한 글입니다.

- 네 살 때 - 아빠는 뭐든지 할 수 있었다.
- 다섯 살 때 - 아빠는 많은 걸 알고 계셨다.
- 여섯 살 때 - 아빠는 다른 애들의 아빠보다 똑똑하셨다.
- 여덟 살 때 - 아빠가 모든 걸 정확히 하시는 건 아니었다.
- 열 살 때 - 아빠가 어렸을 때는 지금과 확실히 많은 게 달랐다.
- 열두 살 때 - 아빠가 그것에 대해 아무것도 모르시는 건 당연한 일이다. 아버진 어린 시절을 기억하기엔 너무 늙으셨다.
- 열네 살 때 - 아빠에겐 신경 쓸 필요가 없어. 아빤 너무 구식이거든!
- 스물한 살 때 - 우리 아빠? 구제불능일 정도로 시대에 뒤지셨지.
- 스물다섯 살 때 - 아빠는 그것에 대해 약간 알기는 하신다. 그럴 수밖에 없는 것은, 오랫동안 그 일에 경험을 쌓아 오셨으니까.
- 서른 살 때 - 아마도 아버지의 의견을 들어보는 게 좋을

듯하다. 아버진 경험이 많으시니까.

- 서른다섯 살 때 - 아버지에게 여쭙기 전에는 난 아무것도 하지 않게 되었다.
- 마흔 살 때 - 아버지라면 이럴 때 어떻게 하셨을까 하는 생각을 종종 한다. 아버진 그만큼 현명하고 세상 경험이 많으시다.
- 쉰 살 때 - 아버지가 지금 내 곁에 계셔서 이 모든 걸 말씀드릴 수 있다면 난 무슨 일이든 할 것이다. 아버지가 얼마나 훌륭한 분이셨는가를 미처 알지 못했던 게 후회스럽다. 아버지로부터 많은 걸 배울 수도 있었는데 난 그렇게 하지 못했다.

이 글을 보니 환갑이 지나셨는데도 자식들을 위해 작은 사무실에서 열심히 일하시는 아버지의 모습이 떠오릅니다. 아버지와 단 둘이 이야기를 나눈 지도 꽤 오래전인 것 같습니다.

대학 입시에 실패해서 다시 공부할 때였습니다. 어느 날 아버지가 교통사고를 당하시고 중환자실에 누워 계셨습니다. 사고 소식을 듣고 눈앞이 깜깜해지고 아찔해져서 병원으로 달려갔었죠. 중환자실의 문을 열고 온몸에 깁스를 한 아버지의 모습을 보니 갑자기 눈물이 핑 돌았습니다. 나보다 훨씬 건강하신 분인데 중환자실에 계신 아버지의 모습이 현실로 와 닿지 않았습니다. 하루에 딱 한 번 면회가 되고 열 명 중에서 여덟 명이 죽는 상황에 아버지가 처했습니다. 장남이면서 한 번도 제대로 효도다운 효도도 못해 보고 공부한답시고 제대로 해 드린 것도 없는데 이렇게 돌아가신다고 생각하니 참을 수 없이 눈물이 났습니다. 아버지가 힘없는 목소리로 나에게 말씀을 하신 적도 그때가 처음인 것 같습니다. 그 첫마디가 "공부하기 힘들지? 아빠가 운전 미숙으로 사고를 내서 가뜩이나 중요한 시기에 고생시켜 미안하구나!"였습니다. 그러면서 만약 당신이 죽으면 이렇게 이렇게 해 달라고 쭉 이야기하셨습니다. 내 인생에서 가장 참기 힘든 순간이었습니다.

"난 아무래도 힘들 것 같아."

"약한 소리 하지 마세요!"

저는 아버지에게 버럭 화를 냈습니다. 그리고 돌아오는 버스 안에서 많이 울었습니다. 아무것도 할 수 없는 나의 무능함이 원망스러웠습니다. 나 자신에게 화가 났습니다. '두 번 다시 이렇게 살지 말아야지. 왜 그동안 부모님에게 사랑한다는 말 한마디 못했을까' 후회되더군요. 어려서부터 지금까지 아버지의 모습이 쭉 뇌리에 스쳐 갔습니다. 아버지로부터 난 덜렁대는 성격 때문에 무척 많이 혼났습니다. 그래서 아버지와는 가급적 대화하지 않으려고 했던 것 같습니다. 왠지 대화하기가 쑥스러웠지요. 사고가 난 후에야 내가 그동안 아버지에게 해 드린 것이 별로 없다는 것을 알게 되었습니다. 그때 저는 많이 기도했습니다. 저에게 다시 아버지에게 사랑을 표현할 수 있는 기회를 달라고 말입니다.

그 후 아버지는 기적적으로 살아나셨고 지금도 열심히 일하고 계십니다. 물론 그때 사고 후유증으로 다리를 저십니다. 그래도 열심히 일하시면서 자식들 뒷바라지를 해 주십니다. 그때 이후로 단둘이 길게 이야기해 본 적이 별로 없습니다. 하지만 전 아버지를 무척 존경하고 사랑합니다. 저는 늘 마음 깊이 사랑의 큰 빚을 지고 삽니다.

입시가 다가오면 여러분 못지않게 부모님도 마음을 졸이십니다. 여러분도 격려가 필요하겠지만 수험생의 부모님에게도 격려가 필요하답니다. 오늘 하루 어머니, 아버지께 이렇게 사랑으로 키워 주시고 편하게 공부할 수 있도록 해 주셔서 감사하다는 쪽지를 드리세요. 그것만큼 힘나게 하는 것도 없을 것 같습니다.

이 세상에서 여러분을 가장 사랑하는 사람은 부모님이랍니다. 여러분이 결혼을 해도 남편, 아내가 부모님만큼 큰 사랑으로 품어 주지는 않아요. 내가 나쁜 짓을 해서 모두가 나에게 등을 돌린다 해도 부모님만은 용서하고 받아 주십니다. 시험에 떨어지는 일이 생기더라도 부모님께 무심결에라도 짜증 부리는 일이 없도록 하십시오.

11일 진정한 리더

막 출발하려는 기차에 간디가 올라탔다. 그 순간 그의 신발 한 짝이 벗겨져 플랫폼 바닥에 떨어졌다. 기차가 이미 움직이고 있었기 때문에 간디는 그 신발을 주울 수가 없었다. 그러자 간디는 얼른 나머지 신발 한 짝을 벗어 그 옆에 떨어뜨렸다. 함께 기차에 탔던 사람들은 간디의 그런 행동에 대해 의아해하지 않을 수 없었다. 이유를 묻는 한 승객에게 간디는 미소를 지으며 말했다.

"어떤 가난한 사람이 바닥에 떨어신 신발 한 짝을 주웠다고 상상해 보십시오. 그것으로는 아무런 쓸모가 없을 겁니다. 하지만 이제는 나머지 한 짝마저 갖게 되시 않았습니까?"

『작은 갈색 일화집』

한국을 변화시킬 수 있는 사람은 어떤 사람일까요? 서울대를 나와서 하버드에 유학가서 박사 학위를 받은 사람일까요? 특목고를 나와서 미국 아이비리그 대학에 바로 입학하여 우수한 성적으로 졸업한 사람들일까요? 아니면 영국 옥스퍼드, 캠브리지 대학을 졸업한 사람들일까요? 학벌이 자신을 성공시킬 순 있어도 대한민국을 살기 따뜻한 나라로 만들 수는 없습니다. 우리 사회는 마음이 따뜻한 사람, 정이 있는 사람, 그런 사람들이 필요합니다. 연약한 사람들을 무능력하다고 짓밟고 나의 우월함을 드러내기 위해 수많은 사람들을 바보로 만드는 이기적인 엘리트가 살기 좋은 나라를 만들 수는 없습니다. 인격이 나빠도 능력만 있으면 성공할 수 있습니다. 가난하고 어려운 이웃에게 사랑과 정을 줄 수 있는 엘리트는 갈수록 찾아보기 힘들어집니다.

진정한 엘리트란 무엇일까요? 저는 간디를 보면서 참 숙연해집니다. 간디 역시 학벌, 문벌 모든 면에서 엘리트입니다. 그러나 그가 인도를 변화시키고 인도의 아버지로 존경받는 이유는 그 마음속에 따뜻한 사랑과 정이 가득했기 때문입니다. 그는 영국 식민지로서 억압받는 인도인들을 아버지, 어머니, 친자식처럼 사랑했습니다. 그들의 아픔과 탄식에 귀 기울여 끝까지 듣고 상처를 얼싸안고 보듬었습니다. 21세기 대한민국은 돈이 없어서, 배가 고파서 죽어가는 사람들보다 작은 관심, 진실한 사랑이 없어서 죽어 가는 사람들이 더 많을 겁니다. 마더 테레사의 글처럼 말입니다.

가장 큰 병은 결핵이나 문둥병이 아니다. 아무도 돌보지 않고 사랑하지 않고 필요로 하지 않는 것이 가장 큰 병이다. 육체의 병은 약으로 치유할 수 있다. 그러나 고독, 절망, 좌절의 유일한 치료제는 사랑이다. 세상에는 빵 한 조각이 없어서 죽어 가는 사람들이 많지만 작은 사랑이 없어서 죽어 가는 사람들이 더 많다.

정말 맞는 이야기입니다. 사랑하는 후배들. 좋은 대학에 가서 탁월한 실력을 기르십시오. 세계 최고 대학에 가서 마음껏 실력을 기르십시오.

그러나 모든 것이 나 혼자 힘으로 잘해서 이루어졌다고 생각하지 말고 보이지 않는 모두의 도움으로 그 자리에 서 있다고 생각하십시오. 그리고 자기가 축복받은 만큼 이웃에게 돌려주기 바랍니다. 학벌, 지위, 재력을 가지고 있다고 후대까지 널리 존경받지는 않습니다.

저는 무엇보다 자기가 얻은 능력을 아름답게 사용할 수 있는 인격의 힘을 기르라고 당부합니다. 그래서 21세기 대한민국을 따뜻한 정과 사랑으로 변화시켜 주십시오. 머리 숙여 꼭 부탁드립니다.

*10*일 누가 대신 인생을 살아 줄 수 없다

의사와 변호사는 한국 사회에서 가장 소득을 많이 올리는 직업들 중에서 대표적입니다. 수많은 학생들이 의사와 변호사를 꿈꾸며 열심히 공부하고 있습니다. 그러나 그 학생들 중에서 자신의 바람으로 공부하는 학생들이 어느 정도나 될까요?

저는 대학 시절 법대와 의대에 들어간 선·후배들 중에서 1~2년 학교를 다니다가 적성에 맞지 않아 다른 과로 옮기거나 다른 일을 준비하는 사람들을 보았습니다. 부모님의 강요와 사회적인 인식으로는 남부럽지 않은 학교와 학과였지만 자신의 적성과는 너무 달랐던 것입니다.

여러분이 정말 원하는 학과는 무엇인가요? 사람은 자신이 바라고, 하고 싶은 일을 해야 행복합니다. 아무리 부모님이 원하신다 하더라도 자신의 의지가 결여됐다면 다시 생각해 봐야 합니다. 궁극적으로 부모님은 여러분이 행복하기를 원하십니다.

캘빈 쿨릿지 대통령의 일화가 떠오릅니다. 이것을 읽으면서 내가 원하는 일이 무엇인지 다시 한 번 되짚어 보는 기회가 되기를 바랍니다.

캘빈 쿨릿지 대통령이 어느 날 고향 친구들을 백악관으로 초대했습니다. 백악관의 식탁 매너를 몰라 고민에 빠진 초대 손님들은 쿨릿지가 하는 대로 따라 하자고 결론을 내렸습니다. 이 계획은 그럭저럭 성공을 거두었습니다. 그런데 식사가 끝나 갈 무렵 커피가 나오자 대통령은 자신의 커피를 커피 받침 접시에 붓는 것이었습니다. 손님들도 눈치를 보며 따라했습니다. 대통령은 몸을 굽혀 그 접시를 식탁 밑에 있는 고양이에게 주었습니다.

남을 따라 한다는 것은 씁쓸한 일입니다. 그리고 만족스럽지도 않습니다. 독불장군처럼 자신의 뜻을 밀고 나가라는 이야기는 아닙니다. 다만 소신 있게 생각하고 행동하기를 바랄 뿐입니다. 내가 원하는 게 무엇인가 깊이 생각하고 후회 없는 결정을 내려야 합니다.

여러분은 각자에게 주어진 멋진 재능이 있습니다. 여러분은 여러분 자신이 되어야 합니다. 누가 대신 여러분의 인생을 살아 주지 않습니다. 주어진 재능을 소중히 하면서 오늘 하루도 최선을 다해 담대함을 가지고 시험 공부 마무리 하시길 부탁드립니다.

9일 현재의 모습이 전부가 아니다

인천상륙작전으로 유명한 더글러스 맥아더Douglas MacArthur 장군이 대학 입시에서 두 번이나 낙방한 사실을 아시나요? 그는 웨스트 포인트 사관학교에 두 번 응시했는데 두 번 다 떨어졌습니다. 하지만 포기하지 않고 세 번째 응시해 합격을 했습니다.

미국인이 가장 사랑하고 가장 영향력 있는 정치 지도자이면서 네 번이나 미국 대통령에 선출된 사람이 누군지 아시나요? 프랭클린 D. 루스벨트입니다. 그는 39세에 소아마비에 걸렸습니다. 그렇지만 그는 장애를 딛고 위대한 정치가로 역사 앞에 우뚝 섰습니다. 그는 말했습니다.

"세상에서 우리가 두려워해야 할 단 한 가지는 바로 두려움 그 자신이다."

만약 맥아더 장군이 입시에 두 번이나 떨어졌다고 의기소침해서 사관학교 응시를 그만두었다면 어떻게 되었을까요? 루스벨트 대통령이 39세에 장애인이 된 뒤, 자신의 처지를 비관하다 평범하게 살았다면 그렇게 위대한 정치가로서 전 세계에서 칭송받을 수 있었을까요?

현재의 모습이 전부가 아닙니다. 여러분에게는 그 누구도 빼앗아 갈 수 없는 여러분만의 귀중한 재능이 있습니다. 그 재능은 이번 입시 결과에 따라 판가름 나는 것이 아닙니다. 두려워하지 말고 이제까지 해 오던 리듬을 따라가십시오.

입시는 결과이고 끝이 아닙니다. 여러분이 가야 할 긴 여정 속에서 거쳐 가는 과정입니다. 실패를 생각하지 말고, 지나간 시간에 자책하지도 말고, 포기하지도 않았으면 합니다. 여기가 절대로 끝은 아니기 때문입니다. 이런 초조하고 힘든 순간들을 지나왔다는 것만으로도 여러분은 꿈에 한발 더 다가선 것입니다.

건강관리에 유의하시고, 오늘 나머지 시간들도 최선을 다하기를 바랍니다.

8일 절망적이라고요?

회사 일을 마치고 차를 몰고 집으로 돌아가던 중 나는 집 근처 공원에 잠시 차를 세웠습니다. 그곳에서 벌어지고 있는 동네 꼬마들의 야구 경기를 구경하기 위해서였지요. 1루쪽 벤치에 앉으면서 나는 1루 수비를 보고 있는 아이에게 점수가 어떻게 되느냐고 소리쳐 물었습니다.

아이는 웃으면서 말했습니다.

"우리가 14대 0으로 지고 있어요."

내가 말했습니다.

"그래? 그런데 넌 그다지 절망적이지 않아 보이는구나."

그러자 아이가 깜짝 놀란 표정을 하고 내게 말했습니다.

"절망적이라고요? 왜 우리가 절망적이어야 하죠? 우린 아직 한 번도 공격을 하지 않았는데요."

잭 캔필드

'이제 8일 밖에 안 남았구나. 틀린 문제 재확인도 다 못했는데…. 혹시 내가 확인하지 못한 데서 문제가 나오면 기억할 수 있을까? 왜 이렇게 시간은 빨리 갈까? 아무래도 오늘은 계획한 분량을 다 못 끝낼 것 같은데…. 아, 이렇게 보내다간 정말 절망적인데….'

이런 생각은 수험생이라면 누구나 다 하는 생각입니다. 전국 100등 안에 드는 학생일지라도 다 합니다. 하지만 같은 상황을 어떻게 바라보느냐에 따라 결과는 많이 달라집니다. 그것은 마음가짐의 문제입니다. 급한 마음과 여유로운 마음의 차이입니다. 마음이 급하면 어떤 일이고 집중할 수 없습니다. 집중하지 못한다는 것은 책상 앞에 앉아서 안달만 할 뿐 공부는 되지 않는다는 걸 의미합니다. 또한 공부가 안 되기 때문에 절망스러운 감정이 자연스레 생길 수밖에 없습니다.

제가 좋아하는 만화 두 편이 있습니다. '슬램덩크'와 '고앤고'입니다. 이 두 만화 주인공은 무척 캐릭터가 비슷한데 슬램덩크의 주인공은 강백호이고, 고앤고의 주인공은 에이고입니다. 두 주인공은 지나칠 정도로 성격이 낙천적이어서 제가 좋아합니다. 두 주인공은 아무리 경기가 안 풀리고, 지고 있어도 포기할 줄 모릅니다. 상황이 절망적인데도 불구하고 1%의 가능성을 보고 그것에 온 힘을 기울이고 노력합니다. 그리고 뒤늦게 발견한 자신의 재능을 계발하기 위해 열심히 노력합니다.

8일이라는 시간은 결코 짧은 시간이 아닙니다. 약한 부분을 쭉 살펴보면서 결전을 기다리기에 충분한 시간입니다.

우선 핵심 내용과 틀린 부분을 전체적으로 빠르게 읽어 나가며 확인하는 정도로 내용을 봐 주십시오. 너무 자세하게 보려고 하면 오히려 마음이 불안해지고 전체를 다 훑어보기가 어려워집니다. 하루하루 마음속에 뿌려지는 부정적 생각과 걱정, 근심들을 수시로 비워야만 합니다. 10분을 공부하더라도 이제부터는 마음이 편안한 상태에서 공부하도록 관리하십시오.

7일 미운 오리 새끼

1805년 안데르센은 덴마크의 오덴세라는 마을에서 태어났습니다. 아버지는 헌 신을 깁는 일을 하는 신기료 장수였습니다. 긴 판잣집의 방 한 칸을 세내어 사는 가난한 집에서 태어났습니다. 게다가 아버지까지 일찍 돌아가셔서 어머니와 외롭게 살아야 했습니다. 안데르센은 학교도 제대로 다니지 못했고 13세의 나이에 공장엘 다녔습니다. 그의 외모를 말하자면 삐쩍 마른 키다리로, 두 팔은 남에게 불쾌감을 줄 정도로 길었고, 눈은 움푹 패었으며, 코는 유난히도 길었습니다. 한마디로 그가 쓴 동화의 '미운 오리 새끼'와 다름없었지요. 그런 처지의 안데르센은 늘 열등감에 사로잡혔습니다. 그런 그가 성공해 보이겠다고 굳게 뜻을 정한 후 덴마크의 수도 코펜하겐으로 떠난 것이 14세였고 본격적인 고생이 시작되었습니다. '자신을 천대하고 구박하던 형제나 이웃을 떠나 자신을 좋아하는 이들을 찾으러 나서는 미운 오리 새끼'의 심정이었을 것입니다.

코펜하겐에서 갖은 고생을 하면서도 안데르센은 좌절하여 포기하지 않았습니다. 18세 때는 자기보다 6세나 아래인 아이들과 같이 고등학교를 다녔으며 다른 아이들보다 몇 년이나 더 다니고 나서야 졸업할 수 있었습니다. 수많은 좌절과 실패 속에서 그는 자신의 꿈을 포기하지 않고 꿈을 향해 묵묵히 나아갔습니다.

결국 작가가 되겠다는 그의 꿈은 이루어졌습니다. 그리고 동화 하면 안데르센 동화를 떠올리게 되었습니다. 또한 시인으로써도 세계 문학의 재산 속에서 빼놓을 수 없는 많은 시를 남기기도 했습니다. 끊임없는 불굴의 의지로 '미운 오리새끼'에서 '어여쁘고 하얀 백조'가 된 것입니다. 그래서 흔히 비평가들은 안데르센의 동화 중 『미운 오리새끼』를 그의 자전적 동화라고 말하기도 합니다.

만약 안데르센이 그토록 어려운 환경 속에서 고생하고 실패하지 않았다면 영혼을 울리는 주옥 같은 동화가 나올 수 있었을까요? 안락한 환경에서 태어나 어려움 없이 살았다면 『미운 오리새끼』라는 동화는 나오지 않았으리라고 생각합니다.

이 책을 읽는 후배들 가운데 이번 대학 입시에서 실패하는 학생도 있을 수 있습니다. 어쩌면 재수, 삼수 그 이상을 하는 분들 중에서도 떨어질 수 있을 것입니다. 하지만 좌절하지 마십시오. 안데르센을 보면서 희망을 얻기 바랍니다. 안데르센

같이 환경에 굴하지 않고, 목표에 눈을 고정시키고 앞으로 나아가십시오. 기대보다 좋은 대학에 들어가지 못했다 하더라도 꿈을 품고 방법을 찾으면 길이 보입니다.

실패와 좌절은 견고한 성공자가 되기 위한 귀한 밑거름입니다. 진정한 리더는 수많은 실패와 좌절의 훈련 코스들을 성실히 마친 사람들만이 될 수 있습니다.

저는 독일 작곡가 루트비히 반 베토벤Ludwig van Beethoven을 무척 좋아합니다. 어렸을 때 위인전을 읽고 이런 사람도 있구나 하고 생각했습니다. 그는 어려서부터 작곡가가 되겠다는 꿈을 가지고 열심히 준비한 사람입니다. 여러 가지 실패와 어려움도 겪었지만, 명성도 얻게 되고 대중적인 사랑도 받게 되었습니다.

그러던 중 불운하게도 점차 귀가 잘 들리지 않기 시작했습니다. 46세가 되자 그는 완전히 귀머거리가 되었습니다. 작곡가에게 귀가 들리지 않는 것만큼 무서운 시련이 또 있을까요?

그럼에도 불구하고 그는 생애 후반기에 다섯 개의 교향곡을 포함해 가장 위대한 곡들을 탄생시켰습니다.

저는 퇴행성 디스크, 경직성 척추염 등의 병을 가지고 있습니다. MRI촬영 결과 저의 디스크는 새카맸습니다. 현재 의학으로는 재생 불가능하다고 합니다. 전 요즘도 일주일에 세 번 병원에서 치료를 받고 있습니다. 치료 목표는 완쾌가 불가능하기에 통증을 최대한 줄이는 것입니다. 한 번 갈 때마다 3시간 가까이 치료를 받고 옵니다. 치료받고 오면 피곤해서 그날 저녁에는 별다른 일을 못 하고 쉬어야 합니다. 이런 제가 과연 무엇을 할 수 있을까 고민했습니다. 그리고 꿈을 발견했습니다. 안데르센처럼 사람들에게 꿈과 희망을 주는 작가가 되는 것입니다. 특별히 청소년들에게 꿈과 희망을 주는 작가가 되고 싶습니다.

저는 몸은 아프지만 최선을 위해 몸부림칩니다. 왜냐하면 나보다 더 힘들고 어려운 상황에서 포기하지 않고 꿈을 향해 나아가는 사람들이 많기 때문입니다.

사랑하는 후배들도 조금만 더 힘내세요. 여기서 꿈을 포기해서는 안 됩니다. 잠시 주춤거릴 수는 있지만 꿈을 저버리지는 마세요. 최선을 위해서 노력해 주십시오.

6일 진정한 성공이란

우물 파기로 명성이 자자한 사람이 있었습니다. 그는 일단 우물터를 정하면, 무슨 일이 있더라도 물을 찾아냈습니다. 사람들이 그 비결을 물었습니다.

"당신은 무슨 재주로 백발백중 지하수를 찾아내는 것이오?"

그러자 그가 한심하다는 투로 질문한 사람의 얼굴을 빤히 쳐다보면서 대답했습니다.

"그야 물이 나올 때까지 땅을 파기 때문이 아니겠소!"

간단한 이야기이지만 실천한다는 것은 힘이 듭니다. 꼭 물이 나온다는 희망을 갖는 것도 어려운 일입니다. 하지만 어렵기 때문에 도전해 볼 만하다고 생각합니다. 시험 공부 하다가 머리도 식히고 휴식도 취할 겸 용기와 힘을 주는 글들을 많이 읽었습니다. 글을 보면서 다시금 제 자신을 돌아보고 새롭게 뜻을 정하는 계기로 삼았답니다. 후배들도 한번 해 보세요. 마음 관리 시간을 통해 하시면 더욱더 효과가 있으리라 생각합니다.

오늘은 제가 좋아하는 분의 이야기를 하겠습니다. 영국의 유명한 수상 윈스턴 처칠에 대해 알 것입니다.

윈스턴 처칠Winston Churchill은 영어를 워낙 못해서 중학교 2

학년 때. 3번이나 진급을 못하고 낙제했습니다. 쉽게 이야기하면 3번이나 중학교 2학년을 다시 다닌 셈입니다. 대학 입시에서 3번 떨어진 사람은 보았어도 중학교 2학년에서 3학년으로 올라가는데 3년 걸린 사람은 처음 본 듯 합니다. 처칠은 그 뒤로도 수많은 실패와 좌절을 겪었습니다. 그런 과정을 통해 성장한 그는 제 2차 세계 대전 중에서 전쟁의 불안과 좌절 속에 살아가는 영국 국민들에게 희망과 꿈을 심어 주는 위대한 수상이 되었습니다.

전쟁이 끝난 다음, 처칠은 옥스퍼드 대학 졸업 연설을 부탁받았습니다. 처칠이 강단에 올라서자 모든 관중들과 졸업생들은 기립하여 뜨거운 박수를 보냈습니다. 수많은 청중들은 그가 마이크 앞에 서자 쥐 죽은 듯이 조용해졌습니다. 영국의 위대한 수상이자 영웅인 그가 무슨 말을 하나 귀를 쫑긋 세웠습니다.

"절대로 포기하지 마십시오!"

청중들은 순간 긴장했습니다. 그리고 더욱 귀를 세워 들었습니다. 잠시 후 그는 다시 이야기를 했습니다.

"절대로 포기하지 마십시오!"

그곳에 모인 청중들 모두 온몸에 전기가 흘렀습니다. 그리고 처칠은 조용히 모자를 쓰고 지팡이를 짚고 그곳을 떠났습니다.

시험이 다가올수록 불안하고 초조해지는 건 당연한 일입니다. 하지만 적어도 저의 글을 보는 후배들은 다른 친구들과는 달라야 합니다. 무엇을 위해 공부해야 하는지 알기 때문입니다. 부정적 생각이 찾아오고, 게으름이 공격하고, 자포자기가 유혹해도 거기에 굴하지 않아야 하는 분명한 꿈과 목표와 희망을 가지고 있는 사람들이기 때문입니다.

다시 뜻을 정해 좌절에서 벗어나 다시 시작하라고 말해 주고 싶습니다. 시험이 끝나고 죽음을 생각하는 일 따위는 절대 없어야 합니다. 여기가 마지막이 아니기 때문입니다. 마음을 새롭게 하십시오. 얼마든지 역전의 가능성은 있습니다. 인생을 더 넓은 안목으로 보십시오.

제 수업을 듣는 학생들의 한 가지 특징은 시험이 다가오면 다가올수록 더욱 용기를 내어 끝까지 포기하지 않고 최선의 몸부림을 다한다는 것입니다. 끝까지 포기하지 않고 공부하여 공부의 가속도를 최대한 높이는 것입니다. 오늘도 힘내십시오.

5일 파이팅!

　대학 입시나 중요한 시험들이 있을 때마다 그리고 어려운 일을 당할 때마다 저는 하는 일이 몇 가지 있습니다. 그중 한 가지는 초등학교 때 보았던 손때 묻은 위인전을 다시 보는 것입니다.

　예전에는 무척 두꺼워 보였던 책이 왜 이렇게 얇고 글자는 큰지 한참을 내려다보았던 적이 있습니다. 제가 낙서한 것도 보이고, 그림 그린 것도 보이고…. 어린 시절의 일상들이 주마등처럼 스쳐 지나갔었죠.

　제가 자주 보던 위인전 중에서 에디슨이 있습니다. 토마스 에디슨을 다들 아실 겁니다. 그는 1847년에 태어나 1931년에 유명을 달리 했습니다. 미시간 주의 포트 휴론 초등학교에 입학했을 때, 교사들은 그가 너무 느리고 다루기 힘들다고 불평을 했습니다. 에디슨의 어머니는 학교를 그만두게 하고 집에서 직접 에디슨을 가르쳤습니다. 우여곡절 끝에 고등학교에 입학을 했습니다. 그러나 성적이 너무 나빠 3개월 만에 퇴학을 당합니다. 그 뒤로 엄청난 불행과 고난, 시련, 실패를 겪었지만 그 어떤 것도 그의 꿈을 포기하게 만들 수 없었습니다. 에디슨이 2,000번의 실패를 거듭하고 전구를 만들었을 때 이런 말을 했습니다.

"천재란 것 1%의 영감과 99%의 노력으로 이루어진다. 나는 실패한 것이 아니다. 이제 나는 실행되지 않는 수천 가지의 방법을 안 것이다. 성공이라는 것은 그 결과를 보고 평가할 것이 아니라. 그것에 쏟아 부은 노력의 합계로 평가해야 하는 것이다. 성공률을 2배로 높이려면 실패율도 2배로 올려야만 한다. 자신감은 성공을 위한 최고의 비결이다."

실패 속에서 이만큼 용기를 주는 이야기는 드물다고 생각합니다. 힘들 때 보고 또 보면 나도 모르게 다시 뜻이 세워집니다. 단 몇 번의 실패로 두려워하지 않았으면 합니다. 2,000번이 되려면 아직 멀었습니다.

크고 대단해 보이는 것의 내면에는 깊은 고뇌와 땀방울, 시련과 인내가 있습니다. 어떤 것도 쉽게 이루어진 것은 없습니다. 여러분도 여기까지 온 것이 쉽게 이루어진 것은 아니라고 생각합니다. 하지만 꿈에 도달하려면 앞으로 더 나아가야 합니다. 대학이 꿈의 종착역은 아닙니다. 꿈으로 나아가는 하나의 다리일 뿐입니다. 그러니 포기하지 마십시오. 대학에 떨어졌다고, 원하는 대학에 가지 못했다고 실망하지 않길 바랍니다. 그곳에서 뜻을 세우고 다시 시작하면 길은 분명히 보일 것이기 때문입니다.

저는 여러분들이 이제껏 해 온 노력의 결과를 꼭 보리라 믿습니다. 어쩌면 이번 시험에서는 볼 수 없을 지도 모릅니다.

그러나 공부는 정직하고 열심히 노력하는 사람을 결코 외면하지 않습니다.

이미 말했듯이 대학을 다닐 때 하루걸러 하루 병원에 다녀야 했습니다. 집에서 서울대 병원까지 왕복 4시간이 걸렸습니다. 치료도 받아야 하고, 수업도 받아야 하고, 공부방 학생들도 가르쳐야 하고, 하루하루 치열하게 살았습니다. 시간이 없어서 어떻게 하면 시간을 아껴 사용할 수 있을까 많이 고민했습니다. 그러다가 효율이 높은 새벽 시간 때에 공부에 전념하게 되었습니다. 허리 디스크로 앉아서 공부하기가 힘들어 누워서 책을 보아야 했던 적도 있었습니다. 팔이 아파서 무척 고생했습니다. 또한 그날 수업 시간에 정리해 놓은 노트를 지하철 안에서 머릿속으로 이미지화하면서 외웠습니다. 조금이라도 덜 피곤하기 위해 글자를 일부러 크게 써서 흔들리는 지하철 안에서 잘 볼 수 있도록 했습니다. 그날 배운 내용은 지하철 안에서 다 복습하려고 노력했습니다.

남들은 제가 특별한 사람이어서 공부를 잘한다고 생각합니다. 그러나 그렇지 않습니다. 남들보다 상황이 불리하고 나빴기 때문에 그것을 극복하려고 할 수 있는 최선을 다한 것입니다. 최선의 노력이 조금씩 쌓여 좋은 성적을 거둘 수 있었던 것입니다.

저 못지않은 여러분들 나름의 어려움이 있을 것입니다. 저의 힘들었던 시절 공부했던 방법들을 읽어 보고 여러분들이 가진 어려움을 이겨 내기 바랍니다. 오늘부터는 더욱 건강관리에 유의하면서 컨디션 조절하십시오. 무리한 계획 보다는 꼭 봐야 할 부분만 확인하세요. 그리고 마음관리 시간을 늘려 마음속에 있는 불안, 초조, 걱정 등을 수시로 비우세요. 몸과 마음이 최적의 상태를 유지하도록 평소처럼 생활 습관을 유지하되 식사를 거르지 말고 잘 챙겨 드십시오.

오늘도 날씨가 춥네요. 감기 조심하면서 따뜻한 차 많이 마시세요. 몸과 마음이 모두 힘들지만 꿈을 바라보면서 마지막 시간을 이겨 내기 바랍니다.

 # 4일 반드시 인생에서 성공하는 방법 1

만약 그대가 절망에 빠져 있다면 그럴 때는 어떻게 해야 하는가!
끊어진 희망을 다시 이어야 한다.
잃어버린 희망을 다시 찾아야 한다.
무엇인가를 소망해야 하고 무엇인가를 희망해야 한다.

생각하면 가슴 떨려 설레는 그 무엇인가가 있어야 한다.
그래서 그것만 생각하면 힘이 솟고 용기가 생겨서

삶에 의욕이 넘쳐야 한다.
희망이 있는 사람은 행복해 보인다.
얼굴이 밝고 활기가 넘치고 항상 최선을 다하게 된다.
나는 과연 무엇을 희망하고 있는지 스스로에게 물어보자.
혹시 내가 희망도 없고 꿈도 없이 하루하루를 살아가는
사람은 아닌지 생각해 보자.

희망이 없는가? 소망이 없는가? 꿈이 없는가?
그러면 만들어야 한다. 반드시 만들어야 한다. 꼭 만들어
야 한다.

너무 절망스러워 도저히 희망과 소망이 없어 보일지라도
찾아보고 또 찾아야 한다.
그래도 없다면 억지로라도 만들어야 한다.

왜냐하면 더 이상 꿈을 꿀 수 없음은
죽음을 의미하기 때문이다.

엠마 골드먼Emma Goldman

우리는 언제 절망하나요? 언제 생명보다 소중한 희망을 포
기하게 되나요? 무엇이 여러분의 희망을 좀먹고 포기하도록
만들고 있나요? 대학 입시인가요? 아니면 목표하는 대학, 학

과에 떨어질 것이라는 부정적 생각인가요? 대학 입시 실패 후 찾아오는 주변의 반응과 평가들인가요? 여기 그 어떤 시련에도 굴하지 않고 자신의 꿈을 이룬 사람이 있습니다. 바로 윌마 루돌프입니다.

윌마 루돌프는 22명의 자식 중 20번째 아이로 태어났습니다. 윌마는 조산아로 태어났기 때문에 생존 확률이 거의 없었습니다. 4세 때 폐렴에 성홍열이 겹쳐 왼쪽 다리가 마비되었습니다. 그러나 9세가 되었을 때 윌마는 다리에 차고 있던 금속 보조기를 스스로 떼어 내고 목발도 없이 걷기 시작했습니다. 13세 때는 춤추는 것처럼 이상한 걸음걸이였지만 혼자서 걸을 수 있었습니다. 의사는 기적이라고 말했습니다. 같은 해에 달리기 선수가 되었습니다. 경주에 참가한 그녀는 꼴찌로 들어왔습니다.

이후 몇 년간 윌마는 모든 경기에 참가했으며, 언제나 꼴찌를 독차지했습니다. 그러던 어느 날 그녀가 일등으로 들어오는 사건이 벌어졌습니다. 또 다른 경기에서도 우승했습니다. 이후 그녀는 참가한 모든 경기마다 선두를 차지했습니다. 마침내, 다시는 걸을 수 없다던 어린 소녀는 올림픽에 참가해 3개의 금메달을 목에 걸었습니다. 윌마는 이렇게 이야기합니다.

"엄마는 일찍부터 나에게 내가 강렬히 원하기만 하면 무엇이든지 이룰 수 있다는 믿음을 심어 주셨어요. 내가 첫 번째로 강렬히 원하던 것은 금속 보조기 없이 걷는 일이었어요."

윌마는 악조건 속에서도 포기하지 않고 참고 또 참으며 꿈을 잃지 않았습니다. 그래서 장애를 극복할 수 있었던 것입니다.

여러분 역시 한순간도 목표와 꿈에서 눈을 떼지 마십시오. 여러분이 부정적인 생각과 어려움과 시련으로 목표에서 눈을 뗄 때 기억하십시오.

'힘든 상황을 만났지만 충분히 이겨 낼 힘이 나에게는 있다' 고 말입니다.

오늘도 힘든 하루이지만 묵묵히 자신의 목표와 꿈을 향해 한순간도 눈을 떼지 말며 앞으로 나아가기를 부탁드립니다.

3일 반드시 인생에서 성공하는 방법 2

플로렌스 채드윅은 영국 해협을 왕복으로 헤엄쳐서 건넌 최초의 여성입니다. 그리고 34세의 나이에 그녀가 세운 목표는 카탈리나 섬에서 캘리포니아 해안까지 수영으로 횡단한 세계 최초의 여성이 되는 것이었습니다.

1952년 7월 4일, 바다는 얼음으로 채워진 욕조 같았고, 안개가 어찌나 짙은지 그녀를 호위하는 보트들마저 시야에 들어오지 않았습니다. 상어 떼들이 홀로 남겨진 그녀를 보고 주위를 맴돌았습니다. 그놈들을 쫓아 버리려면 총을 쏴야만 했습니다. 그녀는 바다의 혹독한 손아귀에 대항해 싸웠습니다. 한 시간, 한 시간이 그렇게 흘러갔습니다. 100만 명이 넘는 사람들은 TV로 그녀를 지켜보고 있었습니다.

플로렌스를 뒤따르는 보트 위에서 어머니와 트레이너가 그녀에게 기운을 불어넣었습니다. 그들은 그녀에게 이제 얼마 남지 않았다고 소리쳤습니다. 하지만 눈에 보이는 거라곤 안개뿐이었습니다. 그들은 그녀에게 중단하지 말라고 외쳤습니다. 물론 그녀는 포기할 생각이 아니었습니다. 하지만 500m 정도를 더 가고 나서 그녀는 배 위로 올려 달라고 요청했습니다.

몇 시간 뒤, 아직도 얼어붙은 몸을 녹이며 플로렌스는 방송

기자에게 말했습니다.

"변명을 하려는 건 아니에요. 하지만 만일 육지가 보이기만 했어도 난 끝까지 해냈을 거예요."

그녀를 패배시킨 것은 추위나 피로감이 아니었습니다. 그것은 안개였습니다. 안개 때문에 그녀는 자신의 목표를 볼 수가 없었던 것입니다.

2개월 뒤에 플로렌스는 다시 도전했습니다. 이번에도 똑같이 짙은 안개가 시야를 가렸지만, 그녀는 상상을 통해 마음속에 그려 놓은 분명한 목표와 강한 확신을 가지고 헤엄을 쳤습니다. 그녀는 안개 뒤편 어딘가에 육지가 있음을 상상했고 마침내 횡단을 해내고 말았습니다. 그리하여 플로렌스 채드윅은 카탈리나 해협을 헤엄쳐서 건넌 최초의 여성이 되었습니다. 그것도 남자가 세운 기록을 2시간이나 단축시키면서 말입니다.

저는 어제 여러분에게 목표에서 절대로 눈을 떼서는 안 된다고 이야기했습니다. 플로렌스 채드윅의 이야기를 통해 나의 꿈과 목표를 왜 잊어서는 안 되는지 분명하게 느꼈을 것이라고 생각합니다.

우리는 꿈과 목표하는 것을 이루기 위해 수많은 좌절과 실패의 터널을 통과해야 합니다. 마치 플로렌스 채드윅이 해협을 건너기 위해 얼음같이 차가운 바닷물 속을 견디어야 했던 것처럼 말입니다. 플로렌스를 호시탐탐 노리던 상어 떼나 목표를 볼 수 없게 만든 안개가 우리 인생 속에도 있습니다. 그러나 악조건과 실패와 시련 자체가 우리를 포기하게 만드는 것이 아닙니다. 우리를 절망에 빠트리고 자포자기하게 만드는 것은 우리 자신입니다. 절대로 놓쳐서는 안 되는 생명보다 소중한 꿈과 목표와 희망을 우리 자신이 바라보지 않았기 때문입니다.

처음 플로렌스가 왜 포기했나요? 몸이 지쳐서도 아니고 바닷물이 차가워서도 아닙니다. 상어가 두려워서는 더더욱 아닙니다. 안개로 인해 눈앞의 목표를 볼 수 없었기 때문입니다. 목표를 볼 수 없게 되자 그녀는 흔들리기 시작했고, 조금만 더 가면 된다는 어머니와 트레이너의 소리도 거짓말처럼 느껴졌습니다. 결국 그녀는 목표를 얼마 남겨 두지 않은 채 안타깝게 포기하고 말았습니다. 여러분, 목표는 해낼 수 있다는 가능성과 나아갈 힘을 줍니다. 그래서 목표에서 눈을 떼면 힘들어지는 것입니다.

플로렌스는 안개 때문에 첫 번째 도전에서는 실패를 했습니다. 하지만 두 번째 도전은 성공을 이룹니다. 상황은 첫 번과 다르지 않았습니다. 추운 바다, 상어 떼, 그리고 안개까지 그녀를 내리누르고 있었습니다. 그러나 이번에는 포기하지 않았습니다. 마음의 눈이 목표를 더 선명하게 보고 있었기 때문입니다. 육체의 눈으로는 고지가 보이지 않아도, 희망을 품고 생각을 목표에 고정한 결과 모든 악조건을 이겨 낼 수 있었습니다.

여러분, 육체의 눈으로 모든 것을 제한하지 마십시오. 육체의 눈은 한정되어 있습니다. 우리가 볼 수 없는 것이 얼마나 많습니까? 알면서도 우리는 곧잘 잊어버립니다. 눈이 보이는 대로 믿어버립니다. 그러나 여러분은 마음의 눈을 통해 목표와 자신, 주위 사람들과 사물까지 볼 수 있기를 바랍니다. 내면의 눈, 마음의 눈을 뜨십시오. 여러분의 진정한 가치와 재능과 진가에 대하여 육체의 눈으로 바라보지 마시고 마음의 눈으로 바라보십시오.

건강 관리에 신경 쓰고 있겠지요? 시험 당일은 최고의 컨디션을 유지해야 합니다. 그러려면 미리 신경을 써야 합니다. 집중력이 좋아지도록 푹 자고, 식사도 제시간에 하십시오. 여러분의 노력이 좋은 결실로 맺어지도록 기도하겠습니다.

2일 나의 실력 120% 발휘하는 방법

시험 당일이 되면 두려운 마음이 들고 몸은 떨려 옵니다. 시험 시간에 상상할 수 없을 정도로 온 신경이 곤두섭니다. 예민하기 때문에 전에 공부했던 내용이 비교적 잘 떠오르기도 합니다. 그렇지만 풀리지 않는 문제를 피할 수는 없습니다. 그럴 때 어떤 학생은 좋은 성적을 내야 한다는 압박감 때문에 숨이 가빠지면서 마음이 초조해집니다. 기억이 가물거리면 다음 문제로 넘어가야 하는데 그러지를 못 합니다.

여러분들은 일단 전체를 다 푼 다음, 어려운 문제들을 다시 공략하십시오. 그리고 침착하게 OMR카드에 표시하기 바랍니다. 못 푼 문제가 있어도 15분 전에는 OMR카드 작성을 시작하십시오. 시험지에 정답을 적어 놓아도 OMR카드 표기가 틀리면 점수는 나오지 않습니다.

매년 대학 입시가 끝나고 나면 이런 이야기가 들립니다. 어떤 학생은 평소 점수보다 수십 점이 오르고 어떤 학생은 평소 점수보다 수십 점이 떨어졌다는 이야기입니다. 도대체 왜 이런 일이 생길까요?

평소에는 문제를 잘 풀어 오던 학생들도 시험 당일에는 긴장감이 심해 자신의 실력을 다 발휘하지 못하기 때문입니다. 반면 자신의 실력이 문제를 풀면서 계속 업그레이드 되는 학생도 있습니다. 대학 입시라는 실전을 통해 실력이 한층 향상 되는 것입니다.

이 두 학생의 차이는 마음관리에 있습니다. 분명한 목표가 있고 진정으로 자신이 원하는 것을 위해 공부하는 학생들은 어떤 장애나 어려움도 헤쳐 나갈 수 있습니다. 물론 어려운 문제를 만나고 생각이 잘 나지 않으면 누구든지 잠시 당황하고 흔들릴 수 있습니다. 그렇지만 이럴 때 마음관리가 제대로 된 학생들은 흔들리면서도 목표를 바라봅니다. 그리고 목표에 조금씩 전진하며 돌발 상황에 지혜롭게 대처합니다. 그래서 시험을 성공적으로 마칠 수 있는 것입니다. 반면 대부분의 마음관리가 잘 안 된 학생들은 한번 흔들리기 시작한 마음을 추스르지 못해 갈팡질팡하다가 자신의 리듬을 놓치게 됩니다. 최고의 집중력으로 시험에 임하지 못해 실력 발휘를 제대로 못하게 되는 것입니다. 제가 올해로 10년째 봉사하는 희망 공부방에도 자주 이런 일은 일어납니다.

지금부터 마음관리를 어떻게 하느냐에 따라 능력 발휘가 달라집니다. 시험 당일 몇 %의 능력을 펼치기 원하십니까? 저는 여러분들이 마음관리를 잘해서 120%의 실력 발휘를 할 수 있기 바랍니다.

사랑하는 후배들, 결과에 대한 집착을 버리시고 내가 할 수 있는 만큼의 최선만 다하십시오. 과정에 집중하면 할수록 성적은 오르게 됩니다. 지혜로운 학생들은 과정에만 집중하고 현재 이 순간에만 집중합니다. 그것이 쌓이면 고득점으로 갈수 있습니다. 시험 보기까지는 아직 이틀이나 남았습니다. 입시를 위해 마음관리할 시간이 아직 충분합니다. 아직 늦지 않았습니다. 다시금 뜻을 정해 도전하십시오. 왜 힘든 공부를 해야 하는지에 대한 분명한 목표와 분명한 동기를 확인하고 오늘 새롭게 시작하길 부탁드립니다.

1일 시험 전날 수험생이 꼭 알아 두어야 할 일곱 가지 일들

내일이면 대학 입시일입니다. 여기까지 힘들지만 묵묵히 견디어 온 여러분들 정말 수고하셨습니다.

진인사대천명盡人事待天命이라는 말이 있습니다. 인간이 할 일을 다했다면 이제 하늘의 뜻을 기다린다는 뜻입니다. 여러분들도 이런 마음가짐이 필요할 때입니다. 내일 최선을 다해 시험을 치르고 모든 것을 하늘에 맡기십시오. 초조하고 불안해할 필요 없습니다. 여기까지 온 것에 감사하고, 꿈을 이루기 위해 힘을 비축하기 바랍니다.

오늘 하루는 차분하게 마음관리하면서 내일 시험을 준비하십시오. 시험 전날에 많이 공부하는 것은 좋은 방법이 아닙니다. 평소보다 한두 시간 정도 더 여유 있게 잠을 푹 자두는 것도 좋습니다.

특히 시험 전날은 임시 소집일입니다. 임시 소집으로 인해 그동안 잘 관리해 온 마음이 일시에 흐트러질 수도 있습니다.

다음 사항들을 참고하여 시험 전날을 잘 보내기 바랍니다.

시험 전날 주의해야 할 일곱 가지 사항

1. 감기에 들지 않도록 옷을 단단히 입고, 제시간에 맞춰 임시 소집 학교에 가서 주의 사항을 듣고 집으로 돌아온다.

2. 친구들과 어울려 놀면서 에너지를 소진하지 않도록 주의한다.

3. 집에 와서는 시험을 대비하여 필기도구와 자투리 시간에 공부하기 위한 자료들, 수험표 등을 잘 챙겨 둔다.

4. 평소처럼 지내되 가급적 전날은 평소보다 한두 시간 일찍 자는 것도 좋다.

5. 잠이 오지 않을 경우에는 스트레칭을 30분 정도 하고, 반신욕을 하면 금세 잠이 오게 된다.

6. 잠자기 전에 마음관리 시간을 가지면서 그동안 내가 힘든 시간들을 어떻게 보냈는지 돌아본다. 힘들었지만 꾹 참고 공부해 온 나의 목표와 희망과 꿈에 대하여 깊이 생각해 본다. 그리고 새롭게 뜻을 정하고 결단한다.

7. 내일을 위해 푹 잠을 잔다.

시험 전날 이 일곱 가지 사항을 유의하여 지켜야 합니다. 이 일곱 가지 일들을 잘했다면 여러분은 시험 전날 할 수 있는 최선을 다한 것입니다.

내일이면 중요한 터널을 하나 통과해야 하는 날입니다. 하루 종일 시험을 본다는 것은 쉽지 않습니다. 그럼에도 최선을 다해 시험을 보십시오. 그럴 만한 가치가 있는 시험입니다. 내가 공부한 만큼 점수가 나오면 그것으로 족하다는 겸손한 마음으로 시험을 보십시오. 시험 시간 순간순간에 여러분에게 부정적 생각과 두려움이 찾아올 것입니다. 그런 생각들은 떨쳐 버리고 눈앞에 있는 시험 문제에 더욱 집중하기 바랍니다.

시험 당일 꼭 알아 두어야 할 열두 가지 것들도 말씀드립니다. 이것을 잊지 말고 시험 전날 다시 확인하고 머릿속으로 이미지 트레이닝을 통해 내 것으로 만들기를 부탁드립니다.

시험 당일 주의해야 할 열두 가지 사항

1. 너무나 긴장해서 아침을 거르는 경우가 많습니다. 소화에 자신이 없는 학생들은 누룽지나 죽을 조금이라도 먹고 가도록 한다.

2. 집에서 미리 따뜻한 차를 보온병에 준비해 와서 쉬는 시간에 마시면서 조용히 마음의 질서를 잡는다.

3. 어려운 문제를 만났을 때는 당황하지 말고 깊이 생각해 보고 정답이 바로 나오지 않으면 표시해 두고서 쉬운 문제부터 풀도록 한다. 시간 배분을 잘 못하면 쉬운 문제를 놓치는 경우도 많다. 심할 경우 답안지 작성 시간이 모자라 답을 밀려 쓰는 경우도 생긴다. 따라서 쉬운 문제를 먼저 다 풀고, 몰라서 표시한 문제에 집중하도록 한다.

4. 시험 당일은 긴장하지 않으려 해도 저절로 예민해진다. 그러니 쉬는 시간을 이용하여 간단하게 체조를 하면서 수시로 긴장을 풀도록 한다.

5. 쉬는 시간에 친구들과 답을 맞추지 마라. 괜한 에너지 낭비다. 마음도 흔들리고 다음 시험에 집중하려면 적

지 않은 시간이 든다. 답은 나중에 시험이 끝나고 맞춰도 늦지 않다.

6. 오전 시험이 끝난 후 너무 긴장해서 식욕이 없다며 점심식사를 대충 넘기는 학생들이 있다. 밥을 약이라 생각하고 적어도 30번 이상 꼭꼭 씹어 먹도록 한다. 많이 씹으면 구강 운동을 통해 정신적인 긴장이 풀어진다고 한다. 긴장하면 소화가 잘되지 않는다. 소화를 위해서도 반드시 잘 씹어 먹도록 한다.

7. 쉬는 시간에 너무 많은 공부를 하려고 하지 마라. 마음만 초조해지고 시험 문제를 풀 때 마음이 어수선할 수 있다. 마음을 안정시키고 에너지를 비축하는 것도 좋은 방법이다.

8. 점심식사 후 오후 시험 시간에는 식곤증 때문에 졸려서 집중도가 떨어질 수 있다. 졸린 것을 막기 위해서는 사탕을 준비하여 조금씩 녹여 먹는 것도 좋은 방법이다.

9. 오후 시험 시간에는 피로가 느껴져 오전처럼 빨리 문제가 풀리지 않을 때가 많다. 그때는 당분 보충을 위해 초콜릿이나 사탕 혹은 귤을 먹는 것도 좋은 방법이다.

10. 마지막 시험 시간 끝나기 30분 전쯤 해서 시험 분위기
가 점점 어수선해지는 경우가 많다. 이미 다 푼 학생
들이 답안지를 먼저 내고 나가기도 한다. 이럴 때 마
음이 급해지면서 초조해지게 된다. 이러다가 답안지
작성할 때 밀려 쓰기 쉽다. 주변 분위기가 어떻게 변
한다 하더라도 끝까지 시험에만 집중하도록 하라. 마
지막 시간이기에 끝까지 긴장을 늦추지 않는 것이 중
요하다.

11. 시험이 끝나고 나면 집에 와서 푹 쉬도록 한다. 그리
고 답을 맞춰 보도록 한다. 어떤 학생들은 답을 확인
하기 두려워 그냥 자든가 놀든가 그렇게 시험 당일을
보낸다. 성적표가 나올 때까지 기다리는 경우도 있
다. 일단 답을 확인하는 것이 좋지만 그것은 각자의
판단에 따른다. 한 가지 당부할 것은 시험이 끝난 다
음 너무 들떠 종종 광란의 밤을 보내는 경우가 있다.
자칫 잘못하면 목숨을 잃는 경우도 생긴다. 그동안
훈련한 자기 절제와 인내를 지혜롭게 활용하여 적절
하게 놀고 쉬도록 한다.

12. 시험을 망친 후 혹은 시험 도중 원하는 만큼 성적이
나오지 않아 자살의 충동을 느끼고 실제로 자살하는
학생도 있다. 힘든 것은 이해하지만 그래도 아직 끝

이 아니기에 절대 그러지 않기를 간곡히 부탁한다. 아직 게임 아웃이 아니다. 계속 이야기한 것처럼 기회가 있다. 시험 볼 때 혹은 시험이 끝난 후 순간적으로 엄습해 오는 자살의 유혹을 과감하게 벗어던져라.

여러분은 30일간, 부족한 선배와 함께 산을 넘는 여행을 했습니다. 부족한 선배를 믿고 잘 따라와 준 귀한 후배들에게 그저 감사하다는 말밖에 드릴 것이 없습니다. 여기까지 묵묵히 참고 견디어 온 여러분 모두가 이미 진정한 승리자라고 생각합니다.

시험 볼 때 여러분의 목표와 희망과 꿈을 생각하며 끝까지 참고 인내하며 최선의 몸부림을 다하길 간절히 부탁드립니다.

정말 그동안 수고 많았습니다. 여러분이 자랑스럽습니다.

다니엘 리더스 스쿨에
크리스천 청소년들을 초대합니다.

　　안녕하세요? 『다니엘 학습법』의 저자 김동환입니다.

　　5년간 준비해 온 아주 특별하고 기쁜 소식을 전해 드리게 되어 하나님께 감사드립니다.

　　순교자의 신앙과 자기 분야 최고의 실력, 그리고 따뜻한 인격을 겸비한 21세기 다니엘과 같은 하나님의 준비된 일꾼을 양성하기 위해 '다니엘 리더스 스쿨'이 하나님 은혜로 세워져서 신입생을 모집합니다.

　　그동안 '다니엘 학습'을 실천하고자 했으나 혼자 하기 버거워 중도에 포기한 학생들이 있었습니다. 이제 다니엘 리더스 스쿨에서는 학생들이 전원 기숙 생활을 하며 매일 새벽 4시 30분 저의 설교로 새벽예배를 시작하여 '다니엘 아침형 학습'을 저에게 직접 배우며 실천합니다. 하루 세 번의 예배를 통해 철저한 기독교 신앙으로 무장하며, 학생 개인의 실력과 진도에 따라서 학습자 중심으로 교육이 이루어지는 곳이 바로 다니엘 리더스 스쿨입니다.

　　저는 다니엘 리더스 스쿨에서 영어, 국어 교사와 교목으로 일하며 학생들과 매일매일 행복하게 교학상장 합니다. 다니엘 리더스 스쿨은 세계에서 신본주의 학습자 중심의 질적 교육이 가장 잘 이루어지는 것을 목표로, 학생 한 명 한 명에게 딱 맞는 학습 체제를 구축합니다. 이를 위해 저는 서울대 사범대학 교육학과 박사 과정에서 공부하며 학생들을 가르치고 있습니다. 더 준비된 하나님의 일꾼이 되고자, 더 준비된 선생님이 되고자, 세계 최고의 크리스천 인재를 양성하는 학교를 만들고자 부단히 공부한 것을 학생들에게 가르치며 학생들에게 배웁니다.

다니엘 리더스 스쿨은 공부를 왜 해야 하는지를 분명하게 가르치고, 매일매일 하나님 안에서 행복하고 치열하게 공부하는 곳입니다.

다니엘 리더스 스쿨은 나를 위해 몸 바쳐 피 흘려 생명을 주신 주님을 위해 생명 바쳐 공부하는 곳입니다.

다니엘 리더스 스쿨은 평생학습 공동체이자 신앙 공동체이자 가족 공동체입니다.

다니엘 리더스 스쿨은 학생을 살리는 곳입니다.

다니엘 리더스 스쿨은 주님 앞에 한없이 부족한 죄인이지만 나 같은 죄인 위해 몸 바쳐 피 흘려 생명 주신 주님의 은혜에 감사하여 21세기 다니엘을 양성하기 위해 제가 생명 바쳐 일하는 곳입니다.

다니엘 리더스 스쿨 학생들은 매일 새벽기도를 마친 뒤 힘차게 저와 구호를 외치고 수학 공부를 시작합니다.

"오늘도 생명 바쳐 주님 위해 죽도록 공부하자!

오늘도 하나님께 효도하자! 부모님께 효도하자! 21세기 다니엘이 되자!

오늘도 하나님 안에서 행복하고 즐겁고 치열하게 공부하자!"

귀한 믿음의 후배 여러분, 그리고 학부모님! 아직 늦지 않았습니다. 하나님 자녀에게는 하나님 자녀에 맞는 신본주의 학습 원리가 있습니다. 이것을 지키지 않으면 돈은 돈대로 들고 성적은 성적대로 나오지 않고 아이들의 영혼은 죽습니다. 하나님 안에서 하나님의 방법으로 역전과 승리의 기회를 잡으십시오.

현재 성적이 최상위권이든 최하위권이든, 다니엘처럼 뜻을 정해 철저하게 하나님의 방식을 배우고 몸에 익혀 다니엘급 믿음의 인재가 되고자 하는 학생들을 찾고 있습니다.

늦었다고 포기하려 했던 학생들, 공부는 잘하지만 세상 방식에 젖어 믿음이 없는 학생들, 삭막한 인본주의 성적지상주의 교육체제 속에서 하나님이 주시는 비전을 포기한 채 무기력하게 시간을 흘려보내는 수많은 믿음의 학생들이 하나님 안에서 새롭게 꿈과 신앙과 실력을 회복할 수 있기를 소망합니다.

자녀를 21세기 다니엘로 교육시키고 싶으신 분들의 관심을 부탁드립니다.

이 사역을 위해 머리 숙여 기도 부탁드립니다.

김동환 드림

다니엘 리더스 스쿨

문의전화 02-3394-4033 | 02-3394-4037
홈페이지 www.dls21.net